LA BELLE FILLE SUR LE TAS D'ORDURES

François Cavanna est né en 1923 à Nogent-sur-Marne, de père italien et de mère nivernaise. Son enfance, c'est la banlieue des bords de Marne, la chaleur de la communauté italienne, la liberté – il l'évoque dans Les Ritals *(1978).*
A seize ans : premier emploi, trieur de lettres aux P.T.T. La guerre, l'exode, le retour à Paris où il devient vendeur de légumes et de poissons sur les marchés, puis apprenti maçon. La suite, il la raconte dans Les Russkoffs *(Prix interallié 1979), le S.T.O., l'apocalypse de la fin de la guerre à Berlin, etc.* Bête et Méchant *est le troisième volet de son autobiographie. Le quatrième est* Les Yeux plus grands que le ventre, *le cinquième* Maria; *le sixième (qui fait retour sur son enfance à Nogent)* L'Œil du lapin.
A partir de 1949, début de sa carrière de journaliste. Il devient également dessinateur humoristique. En 1960, il crée avec des camarades Hara-Kiri, *« journal bête et méchant ». En 1969, c'est l'hebdo qui connaît le succès que l'on sait et qui devient en 1970* Charlie-Hebdo. *Après une interruption de 10 ans, ce journal a réapparu dans les kiosques depuis juillet 1992.*

Notre civilisation est une belle fille sur un tas d'ordures. Le tas d'ordures, c'est, bien entendu, le fantastique amas de déjections putrescibles ou indestructibles que nous rejetons sous nous. C'est l'immense foule des exclus de la prospérité, les peuples de plus en plus clochardisés sur la misère desquels est bâtie notre opulence.
La planète va mal. La faute à qui? Je n'ai jamais porté dans mon cœur les zélateurs de l'atome, les perceurs de couche d'ozone, les plombiers du *Rainbow Warrior*, les savants vivisecteurs, les bons apôtres du « Paris-Dakar ». Alors, je l'ai écrit. Ce que je vous propose, ce sont les réflexions qui me sont venues à chaud, au fil des événements. Le ton est souvent – trop souvent? – passionné, et même violent. C'est mon tempérament, que voulez-vous!

CAVANNA

Dans Le Livre de Poche :

LES RITALS

LES RUSSKOFFS

MARIA

BÊTE ET MÉCHANT

LES ÉCRITURES

LES YEUX PLUS GRANDS QUE LE VENTRE

... ET LE SINGE DEVINT CON

LE CON SE SURPASSE

LES FOSSES CAROLINES

L'ŒIL DU LAPIN

LA COURONNE D'IRÈNE

MIGNONNE, ALLONS VOIR SI LA ROSE...

COUPS DE SANG

CAVANNA

La Belle Fille sur le tas d'ordures

DESSINS DE CABU

L'ARCHIPEL

Avant-propos

Ce petit livre est un recueil d'articles parus chaque mois depuis 1985 dans *Écologie-Infos*, publication qui, dans le monde lui-même assez marginal des militants de l'écologie, fait figure de vilain petit canard. Un canard qui, si j'ose dire, rue dans les brancards. Jean-Louis et Sylvie Burgunder le portent à bout de bras contre vents et marées.

Ces articles ont été écrits au fil des événements, mais, bien sûr, toujours du point de vue de l'incidence de ces événements sur ce qu'il est convenu d'appeler l'« écologie ». Le ton en est souvent violent. C'est mon tempérament, que voulez-vous.

Mon écologie n'est pas forcément la vôtre. Pour moi, il ne s'agit pas seulement d'« environnement », mot restrictif, mais bien de la vie même. Pas seulement de la santé, du confort ou de la survie de l'espèce humaine, mais aussi de ceux de tous les êtres qui vivent sur cette sacrée planète.

La planète, elle va mal. La première de ses maladies mortelles s'appelle surpopulation. La deuxième, cupidité (ou appétit de puissance, ce n'est qu'une variante). La stupidité (ou le machiavélisme) de certains grands gourous interdit aux masses les plus misérables de contrôler leur effroyable taux de multiplication. La cupidité des mercantis tout-puissants incite obsessionnellement quiconque dispose d'un pouvoir d'achat à jouir au maximum des tentations de ce qu'on ose appeler la « civilisation » et qui ne sont que la pacotille séduisante que défèque la technique confisquée par les mercantis.

Si chaque individu dans le monde prétendait jouir du luxe dont jouit le citoyen moyen des U.S.A., la Terre serait réduite à une boule chauve et les océans à un égout pestilentiel longtemps avant que ce but ambitieux ne soit atteint.

Notre civilisation est une belle fille sur un tas de merde. Le tas de merde, c'est, bien entendu, le fantastique amas de déjections putrescibles ou indestructibles que nous rejetons sous nous, mais c'est aussi l'immense foule des exclus de la prospérité, les peuples de plus en plus clochardisés sur la misère desquels est bâtie notre opulence.

Le plus pauvre des chômeurs « occidentaux » vit dans un gaspillage dont il ne se rend même pas compte, tant l'habitude en est prise. Ne serait-ce que les débauches effrénées en ressources et en énergie englouties dans la publicité, l'emballage, les transports de futilités, l'usure prématurée d'objets camelotés tout exprès... Nous crevons de mercantilisme sordide, noblement baptisé « compétition loyale », « légitime ambition », « *way of life* »...

Les rapports entre États, en temps de paix, sont des rapports de concurrence féroce, de marchés à s'arracher par tous les moyens : coercition, chantage, immixtion, corruption, intimidation... La paix n'est qu'une guerre économique, guerre inexpiable. La « vraie » guerre n'est qu'un épisode aigu de la nécessité d'obliger les peuples à consommer en masse de l'armement, puis de la reconstruction.

Il faut tout remettre en question. Notre genre de vie. L'urgence des problèmes. Trier. Rejeter le luxe, le superflu, le futile, afin que tous jouissent du droit de vivre et du confort de base. Rusticité pour tous plutôt que misère et famine pour les quatre cinquièmes. Il faut que cesse le saccage. Partager. Répartir droit au travail et droit aux ressources. Considérer que nous ne sommes pas seuls sur cette planète, que toute forme de vie est respectable, que notre supériorité mentale ne nous donne aucun droit, qu'on ne tue pas pour faire joujou, ni pour un petit supplément de confort ou de plaisir. Éduquer. Eh oui, éduquer! Mais qui éduquera?

Il faut, en somme, gérer la planète, la gérer en amoureux, comme le paradis terrestre qu'elle peut être, qu'elle ne demande qu'à être. Cela suppose une entente mondiale, peut-être un super-gouvernement. Est-il encore temps? La raison, seule faculté qui justifie le rôle dirigeant de l'homme, pourra-t-elle enfin prendre les rênes, les arracher aux vieux instincts « reptiliens » devenus facteurs de mort?

Encore une fois, ces réflexions ont été écrites au jour le jour. Je les donne ici selon l'ordre où elles le furent. Il est des thèmes qui, forcément, reviennent, obsessionnellement. En relisant ceci, j'ai d'abord été tenté d'élaguer. Et puis j'ai pensé que ce martelage est l'effet même de l'importance de ces thèmes, et qu'il est bon de les crier aussi souvent et aussi fort que l'exige l'urgence.

CETTE ANNÉE, LE PARIS-DAKAR N'A ENCORE ÉCRASÉ PERSONNE...

... DERNIÈRE MINUTE : PAS DE NOUVELLES DES ROIS MAGES...

L'affaire Dreyfus n'a pas eu lieu

Deux agents secrets français, les prétendus « époux Turenge », dynamitent dans un port de Nouvelle-Zélande un bateau appartenant à l'organisation écologique « Greenpeace », le Rainbow Warrior. *Un mort.*

Tout ce que le bon public français a vu de l'affaire du *Rainbow Warrior*, tout ce que ses médias lui en ont fait voir, c'est une espèce de match, de film d'aventures, où les espions français se sont fait prendre la main dans le sac — les cons ! — mais où finalement le pire a été évité. Greenpeace a été tenu à l'écart de Mururoa, donc, l'un dans l'autre, on ne s'en est pas trop mal tiré, les Néo-Zélandais l'ont dans le cul, les expériences — pardon : les « tirs » — continuent, le coq gaulois redresse la tête, Hernu est un malin, vive la France, nom de Dieu !

Un moment, on a pu croire que se dessinait une nouvelle affaire Dreyfus. Le gouvernement — socialiste, la gorge me serre à l'écrire — avait sa parade toute prête, toujours la même depuis Dreyfus, pourquoi changer puisque celle-là a fait ses preuves ? On commençait à l'entendre sur les télés, à la lire dans la presse bon genre : « Même si — et ceci reste à

prouver —, même s'il s'avère que l'armée française a vraiment commis une scélératesse et un assassinat, non par hasard mais parce que ce sont les procédés habituels, "normaux", de ses services secrets, ceux pour lesquels on les entraîne tout spécialement, eh bien, même dans ce cas, dénoncer publiquement cette scélératesse serait porter atteinte à l'honneur de l'armée, ce serait salir l'image immaculée qu'elle doit garder dans le cœur des Français, ce serait saboter la Défense Nationale et le moral des populations, ce serait trahir la France. On ne touche pas à l'armée, Messieurs! »

C'est cela qui commençait à se lire et à s'entendre. Comme il y a cent ans. Alors, il s'agissait de la forfaiture de hauts officiers convaincus d'avoir fabriqué des faux pour envoyer un innocent au bagne. La France en fut terriblement secouée, la République faillit en crever, et, quand éclata la vérité, un formidable sursaut populaire obtint que justice fût faite (en partie...).

L'affaire Greenpeace n'a pas soulevé de tempêtes. Le peuple français a suivi la chose sur son petit écran comme un quelconque match de football. Tout content de découvrir que, dans la vie, ça se passe comme dans les films d'espionnage, pareil. Qu'est-ce que c'est excitant, dis donc! Tout était fait pour minimiser la saloperie, la ramener à une bavure (on a l'habitude), à une de ces bonnes farces comme s'en font journellement les services secrets entre eux, ça n'empêche pas l'estime et la camaraderie. Le ton ironique-badin des présentateurs a été efficace. Le téléspectateur déplorait tout au plus que ces cons-là se soient fait piquer, les gros maladroits, c'était là sa seule humiliation, il voyait ça très sportivement. Il fallait faire effort pour se souvenir qu'un homme était mort, un bâtiment coulé, une frontière violée, tout cela exécuté avec un cynisme tranquille de tueurs professionnels.

La France veut être une grande puissance militaire, si possible la troisième, même si cette troisième place se trouve à des années-lumière derrière les deux vraies terreurs. La France veut participer au prochain grand massacre, même avec son petit lance-pierres atomique. Elle veut en prendre plein la gueule comme une grande, y a pas de raison, c'est une question d'honneur, les civils ne comprennent rien à l'honneur, les pacifistes encore moins. L'honneur est l'apanage du militaire. Rompez.

Les habitants de Mururoa, de Papeete et des îlots du coin sont à fond pour la force de frappe française et pour qu'on l'expérimente sous leur nez. Vous comprenez, ces gens ne se nourrissent plus de noix de coco et ne vivent plus le cul nu. Il leur faut le minimum décent occidental, et donc gagner du fric. La base française est créatrice d'emplois, et ça, n'importe quel maire de n'importe quel trou perdu vous le dira, ce sont les mots magiques, imparables : « Ça crée de l'emploi ! » Et bon, ferme ta gueule, toi, avec ta pollution, tes sentimentalités cucul et tes rêves de vie fraternelle. Ringard, tout ça !

À Papeete et alentour, l'emploi grouille. Tous ces adjudants, ces scientifiques, ces scribouillards à super-haute paie, « ça boit, ça bouffe, ça chie, ça fume », comme dit la chanson, l'argent facile coule, l'argent du contribuable bon con qu'aime pas la guerre, ni les militaires, ni la Bombe, même majuscule. Les boîtes de nuit fleurissent, les vahinés se font putes de luxe, le béton chasse le palmier, faut des parkings pour les belles voâtures de tout ce petit monde, et des bateaux à voile pour qu'ils fassent joujou, et des écoles des bons pères pour leurs merdeux à l'avenir lumineux...

Et moi, je pense aux poissons, dis donc... Tu parles d'un ramolli ! Je pense aux millions de poissons qui crèvent, d'un seul coup, le ventre en l'air, la vessie pétée, à chaque obus que les tirs d'exercice des beaux bateaux de guerre font éclater dans la mer. Tu y as pensé, à ça ? Même sans aller chercher la guerre. Juste les manœuvres, les tirs d'entraînement, le train-train. As-tu déjà vu pêcher à la grenade ? C'est pas grand-chose, l'explosion d'une grenade dans l'eau. Eh bien, tous les poissons, je dis bien : tous, dans un rayon de plusieurs centaines de mètres, sont tués net. Le choc hydrique, tu comprends. L'eau est incompressible. Pas comme l'air. Une explosion dans l'eau, c'est un mur en pleine gueule, pour qui se trouve dans l'eau. Bon. C'est un détail. Ces millions, ces milliards de bêtes tuées pour que l'homme tout-puissant mette au point ses machines à tuer d'autres hommes, ça ne te touche pas vraiment, je le vois bien. C'est écolo que tu es, pas mémère à poisson rouge.

Alors, écoute ceci, ça te touchera. On nous parle fièrement sous-marins nucléaires, l'arme imparable, celle qu'on sait jamais ousqu'elle est et que si tu fais le méchant elle te balance la praline atomique sur Moscou avant que t'aies eu le temps de mettre la housse sur le Lénine congelé... Bon. Il y en a maintenant beaucoup, de ces saletés. Des russes, des ricains, des français, des anglais... Ça va. Suppose qu'il y en ait un qui coule. Ça arrive. Il y a même des statistiques pour les barèmes des assurances. Tu imagines le gros concombre tout con, plein à s'en péter la panse de carburant maudit, uranium; plutonium ou ce que tu voudras, radioactif comme un soleil, qui va te rayonner ça, tranquillement, dans la mer qu'on voit danser, pleine de poissons qui boivent, qui bouffent, la mer que poussent les courants d'un pôle à l'autre en passant par chez nous ?... Aucun blindage, aucune protection ne résiste à la mer. Elle a tout son temps...

Et maintenant, étape suivante, il y a la guerre. Ça y est, elle est là. Les beaux militaires ont mis leurs médailles et jouent avec leurs beaux joujoux. Les sous-marins nucléaires, boum, en pleine gueule, la torpille ! Éclatés, éparpillés, disséminés, l'uranium perfide, les circuits radioactifs, tout le bazar, boum, ah, ça y va ! Et les centrales, tu y as pensé, aux centrales ? Même pas besoin qu'elle devienne officiellement nucléaire, la guéguerre, pour que le neutron scélérat bombarde le paysage et le pourrisse à tout jamais : une petite bombe « classique » lâchée sur le cœur d'une centrale...

Oui, bon. On m'avait dit : cause-nous de Greenpeace. J'ai essayé. Mais qu'est-ce que tu veux en dire, de Greenpeace, six mois après ? Que c'est dégueulasse ? D'accord : c'est dégueulasse. Que les socialos auraient pu mettre l'armée au pas au lieu de lui lécher les bottes ? Ben oui, mais ils ne l'ont pas fait. Pas plus qu'ils n'ont sévi contre les corridas, la chasse, et bien d'autres saletés qui font de ma vie un enfer et une rage permanente. Au contraire, la corrida est en train de conquérir la France avec l'aide puissante de Canal Plus, la chasse est devenue pur et simple jeu de tir sur des lapins vivants élevés spécialement pour cela...

J'ai écrit un jour ou l'autre, il y a longtemps, qu'il n'y a pas de bon pouvoir. Le pouvoir est le pouvoir, il fait de toi ce qu'il veut, dès que tu crois l'avoir conquis. Quelles qu'aient été tes intentions, ton idéal, tu es prisonnier de la férocité des factions et de la connerie de la foule.

Je ne sais pas si c'est écologique, tout ça.

(Décembre 1985.)

Mourir pour Dakar, comme un con

Thierry Sabine, organisateur du « Paris-Dakar », se tue en hélicoptère.

Être contre le « Paris-Dakar » était ringard. Maintenant, c'est devenu ringard et « odieux ». Devant la mort, on ne râle plus, on ne ricane plus. On s'incline. Et on admire. Et on délire. Me voilà bien baisé.

J'avais commencé ce papier pour *Écologie*, et puis l'hélico se casse la gueule. Cinq morts dont deux glorieux. Plus qu'à fermer la mienne, de grande gueule.

Délire ardent dans les médias. « Émotion profonde... gningningnin... tragique disparition... gningningnin... » Alors ? Parce qu'ils sont morts — morts comme on meurt sur la route un dimanche soir, morts d'accident, comme tout le monde —, soudain « Paris-Dakar » n'est plus la « sarabande de noceurs » sous le nez des Africains crevant la faim ? Ce n'est plus l'épais cirque publicitaire tonitruant de laideur agressive et de triomphale connerie, ce n'est plus la merdeuse fantasia des beauf 's à safaris qui se paient du frisson de luxe sous l'œil des caméras, ce n'est plus la course en sacs motorisée remueuse de pognon à la pelle ?...

Eh, non. « Paris-Dakar » a eu ses martyrs. « Paris-

Dakar » a été sanctifié par leur sublime sacrifice (ne pas oublier « sublime »). Le beauf' à couperose est devenu chevalier étincelant, héros de notre temps, tout ça, tout ça...

En termes de show-biz : si « Paris-Dakar » se met à tuer, ça c'est la vraie bonne affaire, les gogos vont se passionner! L'année prochaine, ils vont l'attendre, leur premier macchabée, retransmis tout chaud par satellite à l'heure de la digestion. Remarquez, on tirera la leçon de celui-ci, on prendra toutes les précautions, toutes les garanties pour que ça ne se reproduise pas... N'empêche, s'il n'y a pas de mort l'an prochain, c'est le bide. Pas vrai, que tu serais déçu, Dupont-la-joie?

*

On est vraiment en train de devenir des Romains de la décadence. Nous faut des jeux, des jeux, des jeux, des jeux bien cons ousqu'on gagne gros, pour ça on ne risque pas de manquer, on nous en balance plein la lampe, à pleins médias, mais ça commence à ne plus suffire, le goût du risque veut la mort possible (la mort des autres, bien sûr, nous on est dans le fauteuil), voyez les corridas, si elles sont en train d'envahir la France, ce n'est pas seulement pour le boucher à paillettes qui abat la bête devant vous, c'est pour la chance — oh, bien infime, mais tout de même — que le taureau embroche le boucher. On veut du frisson, on veut du spectacle de plus en plus brutal, de plus en plus con. On décade, on décade, je vous dis. À fond de train.

Thierry Sabine était le « dieu » qui avait eu l'audace, le courage, la ténacité, la largeur de vue, le sens du public, l'œil d'aigle (ajoutez ce que vous voulez, cherchez dans votre journal habituel) d'oser et de réussir ce « formidable pari ». Autrement dit, le baratineur qui savait faire gicler le pognon de la poche des « sponsors » et négocier les autorisations avec les administrations locales. Il s'était divinisé lui-même, les spécialistes en déconnage lyrico-nécrologique ont eu la tâche facile. Pour Balavoine, chanteur « au grand cœur » (Mais quel chanteur, dites-moi, n'est pas « au grand cœur », depuis l'an dernier ? Quel est l'avaleur de micro qui n'a pas joué des coudes pour figurer sur un disque de charité pour les pauv' petits négros aux yeux pleins de mouches ? Chaque fois qu'un de ces braves gars au grand cœur cassera sa pipe, on est bons pour la nécro larme à l'œil... Et l'Afrique, hein ? Un chanteur de moins, un grain de riz en moins. Pleurons). Pour, donc, Balavoine, il lui est poussé des ailes. Si Sabine était Dieu, Balavoine était archange. C'est mieux, comme martyr, qu'un obscur mécano. Les foules aiment. À croire qu'on l'a choisi.

*

Je n'ai pas suivi jour après jour les exploits du « Paris-Dakar » : toujours des bagnoles barbouillées de réclames, de la poussière jaune, à l'étape les mecs en sueur qui se passent la tête sous l'eau... Eux, ça les fatigue, ça les excite, d'accord. Moi, ça m'emmerde. Tu dis ? J'ai pas la fibre épique ? Ça doit être ça. Une fois ou deux, sans faire exprès, je suis tombé dessus à la télé. Il y avait un camion, je me rappelle, un gros tout biscornu, il avait le cul en l'air et la tête aussi, comme un scorpion, et le milieu était tout plat. L'hélico le suit, se rapproche, commentaire haletant du type au micro, et paf, un pneu éclate. Plan rapproché. Les zigs jaillissent du machin, démontent la roue, tchic tchac, avec une espèce de clef anglaise motorisée, me demande pas comment ça s'appelle, remontent l'autre, tchic tchac, et la roue crevée, tu sais quoi ? Ils la balancent dans la nature, sans problème, elle roule dans le désert, elle remonte une petite dune et puis elle s'affale, plof. Elle restera là. J'ai vu celle-là. J'imagine qu'il y en a d'autres. J'imagine que c'est chaque fois pareil. Pas que des roues. C'est le genre de gars qui laissent dans l'herbe les canettes et les papiers gras après le pique-nique. Ça doit commencer à être beau, le trajet du « Paris-Dakar », depuis que ça dure...

Paraît qu'ils se rasent au-dessus des puits, et la mousse cradingue pleine de poils, elle tombe dedans. Des puits dans le désert...

Oh, dis, eh, tu vois tout en noir. Le désert, c'est comme l'Océan, il y a de la place. Faut pas voir ça comme le Bois de Vincennes. Et puis, n'oublie pas, les négros de par là, pour eux nos déchets sont des trésors. Le moindre bout de ferraille tout rouillé, ils en font des objets très ingénieux, t'as pas idée. Des doigts de fée. Avec une capsule de bière ils te forgent un couteau à six lames, dans deux boîtes de sardines ils se taillent une paire de sandales... « Paris-Dakar » est une bénédiction pour ces primitifs à l'âme d'enfant. Sans compter les chouines-gommes et les cigarettes.

Et puis, ça attire l'attention du monde civilisé sur la détresse du Tiers Monde, c'est pas rien, ça.

Hmm... Moi, je persiste à ne voir qu'une armada de repus qui s'emmerdent (ou qui se remplissent les poches) à qui il faut du risque et de l'émotion forte pour que la vie soit supportable, et qui pour cela se foutent pas mal de ravager ce qu'ils appellent pourtant avec des yeux de merlan frit les « cultures » locales si respectables, si sacrées, une cavalcade arrogante promenant cyniquement sous le nez des Africains la muflerie, la futilité, l'avidité et le mépris des « civilisés ».

Mais je suis un triste ringard, et ça, c'est la seule chose qu'il ne faut pas être. Car ils ont réussi, les inspirés de la pub, à créer la grande peur de l'homme moderne : la peur d'être ringard !

(Janvier 1986.)

QU'EST-CE QUE VOUS ATTENDEZ POUR CRÉER VOTRE ENTREPRISE ?
ON L'APPELLERAIT "FAUCHONS"...

Où sont passés les monstres de papa ?

Hier, il y avait des monstres. Aujourd'hui aussi, mais ce ne sont plus les mêmes. Heureusement, car si on avait les monstres d'aujourd'hui *plus* les monstres d'hier, imaginez... On ne pourrait pas. La capacité d'épouvante de l'être humain a des limites. Donc, les monstres d'aujourd'hui ont remplacé ceux d'hier, et c'est tant mieux pour les nouvelles générations, elles font front contre leurs monstres comme leurs aînés firent front aux leurs propres.

Les monstres d'hier, quels étaient-ils donc ? Eh bien, là, je vais vous demander un petit effort de mémoire. Je m'adresse à ceux, bien sûr, qui étaient déjà là en cet hier-là. Disons, dans les années 70. Si vous n'étiez pas né, allez vous rasseoir, ceci ne vous concerne pas, on vous appellera quand ce sera votre tour. Les, donc, monstres d'hier s'appelaient :

— Société de consommation.
— Gaspillage des ressources.
— Planète-poubelle.
— Pollution de l'eau, de l'air, du sol...
— Pillage du Tiers Monde.
— Disparition d'espèces animales et végétales.
— Analphabétisme croissant.
— Droits de l'Homme foulés aux pieds en toute légalité là où un dictateur fait la loi.

— Surpopulation galopante...

Vous voyez, quelles sales bêtes pleines de poil aux pattes ! Heureusement, comme je vous disais, ils ont disparu. Pourquoi ? Oh, eh bien, parce qu'ils étaient devenus ringards, voyez-vous. La pire chose qui puisse arriver à un monstre : devenir ringard. La guerre elle-même (le monstre des monstres), une fois devenue ringarde, perd tout son pouvoir. Qui a peur de la guerre, en ce moment (mai 1986) ? Personne, eh oui. J'ai écouté un « Droit de réponse », l'autre jour. Polac y demandait à des étudiants tout jeunes tout mignons ce qu'ils pensaient du service militaire. Ils ont, pour la plupart, dit qu'ils n'avaient guère envie de le faire, chacun exposait ses raisons (on perd son temps, on s'abrutit, il vaudrait mieux une armée de métier, etc.). Aucun n'a dit : « Parce que j'ai horreur de la guerre et que l'armée, c'est la guerre. » Donc, la guerre est ringarde.

Et sont ringards tous les monstres que je viens de vous énumérer. Les jeunes disent : « Oh, ben, c'est la marche du temps. Faut vivre avec son temps, quoi. L'écologie et tous les monstres à papa, c'est ringard. On veut pas être ringards, nous, non mais ! »

Les monstres d'hier ont donc disparu, plouf, dans la trappe aux ringards, pour laisser la place aux monstres d'aujourd'hui, vachement branchés. Ceux-là, c'est :

— Comment éviter le chômage (pour les petits naïfs).

Comment être chômeur et se faire plein de fric (pour les normaux).

— Comment devenir Tapie ou Lagardère.

— J'ai peur des violeurs arabes dans le métro.

— J'ai peur des voleurs arabes chez moi.

— J'ai peur des bombes arabes dans la rue...

Il y a aussi les petits négros qui crèvent de faim, tout là-bas, mais ça, c'est pas un monstre, ça, juste un attendrissement, une petite pensée gentille, ils sont si tristes et si beaux, avec leurs grands yeux pleins de mouches, faut faire quelque chose, tiens, j'achète le disque, sympa, non?

Les monstres d'hier sont passés à la trappe, bon. Et après? Je veux dire, de l'autre côté de la trappe, que leur est-il arrivé? Ils ont fondu comme des morceaux de sucre dans l'eau chaude, et puis on a envoyé tout ça à l'égout, bonsoir, a pus?

C'est ça qui serait beau!

Hélas. Les monstres d'hier, ils sont toujours de l'autre côté de la trappe, simplement on ne les voit plus, et eux, tranquillement, ils engraissent, les sournois. Profitant de ce que les médias (on dit *meudia* ou *médias*?) ne s'intéressent plus à eux (on en a trop parlé, le lecteur-auditeur-téléspectateur en a ras-le-bol, lui faut du nouveau, à c't'homme, de l'épouvante branchée), ils ont continué à grossir et à prendre des forces, ils suivent leur bonhomme de chemin, dans la discrétion, sans se faire de bile... Tiens, pour n'en citer qu'un : la surpopulation.

Eh bien, elle va bon train, la surpopulation. Dans les années 70, quand ce monstre-là était à la mode, les sociologues ou qui que ce soit qui s'occupe de ces choses nous prédisaient une population de sept milliards d'individus pour l'an 2000, les quatre cinquièmes des nouveaux venus se trouvant dans les pays de sous-alimentation ou de famine. Où en est-on? On est dans la courbe, implacablement. Les 7 milliards seront là en l'an 2000, comme prévu, et répartis comme prévu. 21 milliards en l'an 2020, si je me rappelle bien...

Et alors, que fait-on? Rien, pardi, puisque ce monstre-là n'est plus à l'ordre du jour. T'intéresseras personne avec ça. À part la Chine, qui lutte avec l'énergie du désespoir pour contenir son milliard et des poussières dans des limites presque acceptables, partout c'est la déroute, les digues rompues devant le raz-de-marée humain... Même les famines, même les guerres locales n'infléchissent pas sensiblement la courbe, qui file vers les asymptotes de calamité.

Ah, tiens, si, en France, on a senti le danger. Le danger que des innocents crèvent de faim ? Non, le danger que ces affamés, acculés au désespoir et galvanisés par des meneurs illuminés, ne se ruent, animés par des idéaux sublimes (religion, patrie, révolution... c'est pas ce qui manque, les idéaux), ne se ruent, donc, sur nos frigos pleins de bonnes choses et ne nous égorgent après avoir égorgé nos fils et nos compagnes... Alors, haut les cœurs ! Français, Françaises, pondez, pondons ! En avant pour le troisième lardon ! Si nous en mettons un vrai coup, en l'an 2000, au lieu de 55 millions de Dupont prévus il peut y en avoir 60 ! À opposer aux 7 milliards de goulus... Tu ris ? Tu as tort. Ils y croient vraiment.

Oui, mais, que faire ?

Écoute. Tu sais, ou je te l'apprends, que si l'on maintient les testicules humains à une température d'environ quarante degrés, les spermatozoïdes sont réduits à l'impuissance. Ah. D'où, idée : fabriquer en grande série des slips masculins chauffants, contenant une minuscule résistance entretenue par une petite pile et les distribuer (À l'œil ? T'es fou ! Faut les vendre !) aux pays pauvres menacés par l'explosion démographique.

Vous me direz que ces gens sont si attardés qu'ils croiront que c'est un chapeau avec deux trous pour les oreilles, et alors ça leur chauffera la cervelle et leur donnera des idées, ce qui n'est peut-être pas très prudent... C'est un risque à courir. Il faudra former des instructeurs.

En tout cas, voilà un débouché pour l'industrie

française. Vous voyez, mine de rien, je viens de créer des emplois et de faire rentrer des devises. Je vous préviens, c'est breveté. Tapie peut toujours s'amener !

(Mai 1986.)

Tchernobyl, mon amour

N'importe quoi plutôt que regarder les choses en face, n'importe quoi ! Oui, c'est de Tchernobyl que je vais causer. Encore. Toujours. Parce que c'est de ÇA qu'il faut causer. Pas du Mundial, pauvres pommes. Ni de Kurt Waldheim. Ni des chambres à gaz d'antan. Ni des tomates bio...

Tchernobyl. Ça ne fait plus la « une ». Rien ne peut faire la « une » plus de huit jours, quinze grand maximum. Aucun scoop, aucun tremblement de terre, aucun otage, aucune guerre. Au-delà de deux semaines, ça fait chier le lecteur.

Tchernobyl. Il n'y a plus de becquerels dans nos salades, ou si peu... Les Russes ont noyé tout le bazar dans une couche-culotte de plastique, ils ont injecté une grosse galette de béton par-dessous, ils avaient d'abord congelé le sol — astuce ! — pour pas que l'eau contaminée scélérate se faufile, la sournoise, et maintenant ils raclent le sol ukrainien à « plusieurs dizaines de centimètres de profondeur » avec des bulldozers géants et soviétiques. Tout est bien. L'Homme a su faire face. L'adversité est une fois de plus muselée, la salope, ce ne fut qu'un incident de parcours semblable à tous ceux qui jalonnèrent les débuts des grandes technologies modernes, ce fut même une magnifique occasion de donner la preuve de notre promptitude à faire face — quels réflexes, quelle maîtrise ! —, le Progrès majuscule peut reprendre le cours de sa marche triomphale, et nous, nous intéresser de nouveau à Roland-Garros ou à je ne sais quel Tour cycliste de je ne sais quel pays de cons qui fera la « une » au moment où paraîtront ces lignes furibardes.

N'importe quoi, disais-je en commençant. On s'est donné bien du mal. Car, figurez-vous, le danger ne résidait pas dans l'explosion d'un réacteur nucléaire ni dans la consécutive pollution de l'environnement, mais bien dans la peur des populations devant ledit événement. D'abord, on a essayé de ne rien dire du

tout, c'est le plus simple. Mais le manque de concertation a fait foirer le truc. Des nations trouillardes ont vendu la mèche, il a bien fallu avouer... Oh, le moins possible ! Et en même temps, vite, vite, rassurer. Minimiser. Que ces cons-là n'aillent pas s'affoler ! Bon, vous étiez là, vous connaissez la suite. On l'a échappé belle. Seuls, ces pauvres vermines d'Ukrainiens... Enfin, c'est leur problème. Nos centrales à nous, elles ne risquent pas : double chemisage en triple béton, couches-culottes super-étanches super-absorbantes formule secrète, on est parés, ces trouillards d'écolos vont peut-être nous lâcher les oreilles maintenant, si on les écoutait, on en serait encore à inventer la brouette, prends l'autre chaîne, Platini est en train de mettre la pâtée aux Russkoffs, ils doivent avoir un petit peu les globules qui tirent la langue, tant mieux, au moins Tchernobyl aura fait le bonheur de quelqu'un, y a un bon dieu pour les gens qui votent bien.

*

Tchernobyl n'a été qu'un petit incident. Tout petit. Le « cœur » du réacteur, ce chaudron où rugissent les dix mille diables de l'enfer, n'a fondu qu'en partie. Presque rien. Or, déjà, vous voyez quelle merde !

On nous répond béton, plastique, sol gelé, bulldozers... On nous amuse. Expliquez-moi comment on fait pour couler du béton — « une épaisse semelle de plusieurs mètres de béton », j'ai lu ça — SOUS un bâtiment dans lequel un soleil sauvage rayonne ses rayons de la mort et fait fondre ledit béton tout autour de lui ? On creuse ? On injecte ? Qui, « on » ? Oh, ben, les techniciens se démerdent, c'est leur boulot, ils savent, eux. Ah, bon, alors ça va... Et le plastique magique, comment on le coule? Oh, un hélico, je suppose. Ah oui? Avec dedans une grosse marmite sur un camping-gaz pour touiller le plastique bien chaud bien sucré qu'on répand à la louche? Ou peut-être de gros tuyaux, comme ceux des pompiers, mais qui crachent du plastique? Les Russes devraient bien nous envoyer les cassettes, ça doit valoir le coup d'œil, côté exploit du travail socialiste... Et le sol gelé « à l'azote liquide », tu crois qu'ils l'ont gelé assez vite pour que la flotte bourrée de becquerels n'ait pas eu le temps de se cavaler partout? Ils l'avaient sous la main, tout prêt à cracher, leur zinzin générateur d'azote liquide? Et les millions de tonnes de terre et de cailloux irradiés (plusieurs dizaines de centimètres de profondeur!) raclés au bulldozer sur je ne sais combien de kilomètres carrés, où va-t-on les foutre, tu peux me dire? Déjà les quelques kilos quotidiens de déchets produits par le fonctionnement normal du réacteur, on n'a pas encore vraiment trouvé l'endroit où les mettre, on les camoufle, on les promène, on fait semblant... Alors, là, imagine!

Je veux répéter ce que je gueule depuis vingt ans, ce que Fournier gueulait mieux et plus fort que moi, ce que beaucoup d'autres dans le monde gueulent et que personne ne veut entendre : ça pouvait se produire, ça s'est produit, ça se reproduira. En pire. Forcément. L'erreur est humaine (elle est mécanique aussi!), elle est prévisible, statistiquement prévisible, elle se produit avec la fréquence prévue. Une navette construite par la N.A.S.A. NE PEUT PAS se casser la gueule. Elle se la casse pourtant. Un petit joint a pété, un petit joint de rien du tout. Le petit joint NE DEVAIT PAS péter. Il a pété. Mais c'est l'imprévisible, ça! Non. Tout est prévisible. Statistiquement. Là où il y a des milliers de petits joints et des dizaines de milliers d'autres bidules fragiles, la probabilité croît vertigineusement, devient une certitude : quelque chose pétera, un jour ou l'autre.

*

Quand il s'agit de navette, ça fait un petit paquet de morts tout noircis tout collés, une pluie de ferrailles diverses et un rond dans l'eau. Et aussi quelques millions de dollars éparpillés, j'oubliais. On fait un trait dessus, on sonne du clairon sur les morts, on construit une autre navette en se disant que, cette fois, on va y faire gaffe, au petit joint, il ne nous baisera plus, le salaud. Et bon.

Quand il s'agit de nucléaire, ce n'est plus pareil. Plus du tout. Les cosmonautes ont le droit de risquer leur peau (pour le fric, pour la gloire, pour la patrie, c'est leurs oignons...), les lanceurs de navettes ont le droit de jouer avec la peau des cosmonautes et le fric des contribuables (ils ont moins le droit de dégueulasser la mer, mais elle en voit tellement, la pauvre...). Les électriciens, eux, n'ont pas le droit de prendre le risque de faire de la planète entière un engin de mort, ça non ! Assez mégoté sur les becquerels dans la salade, assez tripatouillé les quantités minimales dangereuses... Le danger est trop épouvantable. Personne n'a le droit de prendre le risque pour les autres. Ce monde appartient à tous les vivants, on ne peut pas disposer ainsi de leur vie, de leur santé. Il ne s'agit pas de précautions plus ou moins poussées, de vigilance... Il faut interdire absolument l'usage de l'énergie dite « nucléaire », du moins tant que le stade technique actuel n'aura pas été dépassé (fission de noyaux lourds), c'est-à-dire tant qu'elle produira, EN PLUS, cette saloperie de radioactivité assassine.

C'est la faute aux gouvernants ? On est sous-informés ? Eh, informez-vous ! Tu sais lire, non ? T'as même ton bac, j'en suis sûr, et peut-être même mieux encore. La physique de la matière, la radioactivité, tout ça on te l'a appris, à l'école, au lycée, on t'en a au moins touché deux mots. Ça te faisait chier ? Il y a des bouquins très bien faits, à la portée de toutes les petites têtes pas spécialement spécialisées. Et, je te jure, c'est passionnant à lire. C'est la culture, ça, la vraie. Non, vraiment, t'as pas envie ? Pauv' lapin... Alors, crève, et nous fais pas chier à gueuler qu'on ne t'informe pas. Si on t'informait, t'y comprendrais rien. L'emmerdant, c'est que je vais crever aussi, moi. Mais au moins je saurai comment. Ça me fait une belle jambe.

(Juin 1986.)

AH! AH!
MERGITUR
NEC
FLUCTUAT...
HEIN ?
FLUCTUAT
NEC
MERGITUR

Passe-moi le beurre et mes Turenge

Le plus rageant, dans l'affaire des « époux » Turenge (ne pas oublier les guillemets, surtout, ou alors il faut dire « faux époux »), le plus rageant, là-dedans, plus rageant encore que le crime lui-même et que le cynisme tranquille avec lequel on bafoue la chose jugée et la justice tout court, le plus rageant c'est le triomphalisme du peuple français, tout au moins de ses médias (mais les médias ne servent-ils pas au peuple ce qu'il a envie d'entendre ?).

Il n'est plus question de savoir si les deux cornichons galonnés ont commis un acte de piratage et de terrorisme contre un navire ancré en eaux étrangères et ont tué ou contribué à tuer un homme, il n'est plus question de savoir à qui ils obéissaient et lesquels de leurs supérieurs devraient à leur tour figurer dans le box des accusés, mais uniquement d'afficher sa joie de ce que la France a rivé son clou à la Nouvelle-Zélande en la forçant à lâcher ses proies. Tort ou raison, assassins ou complices, on s'en fout, ce qui compte c'est gagner le match, c'est-à-dire arracher les deux vaillants officiers bien de chez nous à ces gros ploucs du bout du monde, et là, pas à dire, on a réussi, on a vaincu, les « Turenge » sont sortis de leur taule douillette, ils sont partis se bronzer les guillemets sur une île parfumée aux frais de la princesse (c'est-à-dire aux miens, aux tiens), la France éternelle fait un pied de nez à la Zélande-Nouvelle.

Si, au lieu de les « déporter » (décidément ces gens-là attirent les guillemets comme la crotte de chien attire les mouches) sur la base enchanteresse de Hoa, on leur avait permis de rentrer tout de suite en France, tu vois d'ici l'arrivée triomphale? Descente des Champs-Élysées sous les vivats, petite fille aux fleurs, accolade du Président (de l'un ou de l'autre), numéros spéciaux de *Match* et de *Jours de France*, ça nous aurait remplacé le Mundial qu'on n'a pas eu et ça nous aurait évacué tout cet enthousiasme rentré qu'il y a rien de plus mauvais pour la santé...

D'habitude, ces coups-là, ces violations de la loi et du droit que nécessitent la politique ou le prestige, les diplomates et chefs d'État les faisaient en douce, comme de gros malhonnêtes honteux, fallait pas que l'opinion sache, surtout pas... Eh bien, ils avaient tort. Mais, aujourd'hui, ils ont compris. Ils ont embauché des psychologues-publicitaires, des gens qui savent ce qu'il faut aux foules, et ils savent qu'aux yeux des foules il n'existe qu'un crime, un seul : perdre.

Il faut donc gagner, gagner à tout prix, ou du moins faire croire aux foules qu'on a gagné. Dans le cas des « faux » « époux » « Turenge » (pas lésiner : des guillemets, j'en ai encore une pleine boîte!), le cas se résumait à deux possibilités : ou bien les « zépoux » restaient en taule en Nouvelle-Zélande et accomplissaient leur peine normalement, comme n'importe quel malfrat régulièrement jugé et condamné suivant les lois du pays où le crime fut commis, et alors la France perdait le match. Ou bien on les sortait de là, peu importe comment, et la France avait gagné.

Le peuple français aime que la France gagne. Il n'aime pas qu'elle perde.

*

Chirac a fait des excuses, du bout des dents mais des excuses, donc la France a reconnu qu'elle est coupable, quand on demande pardon c'est qu'on est en faute, c'est ça qu'est bon pour le prestige de la France, tiens! Les journaux du monde entier, qui avaient crié leur indignation contre l'acte terroriste commis par des militaires français en mission sur l'ordre de l'autorité militaire française, crachaient maintenant leur mépris pour ce gouvernement qui, après avoir longtemps nié le crime, s'abaissait à supplier qu'on lui rende ses tueurs à gages... Mais ce que peuvent crier ou cracher les médias étrangers, hein, qu'est-ce qu'on en a à foutre? Le peuple français n'écoute que ses médias à lui, et puisque ses médias lui disent qu'il vient de remporter une éclatante victoire et qu'il doit se réjouir et pavoiser, il se réjouit et il pavoise.

Le gouvernement néo-zélandais a, de son côté, une drôle de conception de la loi et de la magistrature. Il s'est laissé acheter pour un peu de fric et quelques milliers de tonnes de beurre. Donc, toute la fière attitude en forme de lion de Belfort de M. Lange n'était que bluff pour faire monter les enchères. Du moment qu'on lui achète son beurre, il passe l'éponge sur l'affaire Greenpeace, mais aussi, *ipso facto*, il ferme les yeux sur les tirs atomiques français dans le Pacifique...

Une question : qu'aurait donc fait de son beurre la Nouvelle-Zélande si l'armée française n'avait pas fait sauter le *Rainbow Warrior* ? Hein ? Hein ? Que va-t-elle bien inventer, la Nouvelle-Zélande, pour écouler ses excédents de beurre de l'année prochaine ? C'est un concours. Adresser les réponses à M. Lange, N.-Z.

*

Maintenant, nous. Qu'est-ce qu'on va bien pouvoir en foutre, de ce beurre de la honte, alors que nous croulons sous une montagne de beurre européen invendable ? Plus d'un million de tonnes à l'heure actuelle... Le beurre, ça ne se contente pas d'être là et d'emmerder le monde. Il faut le stocker, le beurre. Pas dans des greniers. Dans des chambres froides, d'immenses, fantastiques chambres, très froides, très, très. Pour les maintenir froides, les chambres, il faut du courant électrique, beaucoup de courant. Ça coûte cher, très cher. (C'est peut-être pour ça qu'on s'est mis à retaper la vieille centrale nucléaire archi-pourrie de Chinon, et pas du tout pour en tirer du plutonium pour fabriquer des bombes à neutrons ainsi que l'insinuent les éternels détracteurs de l'armée française... Tiens, encore elle !)

Une chance, dites donc : quand le président Reagan, décidé à frapper un grand coup contre les incitateurs à des actes de terrorisme dans le monde, a consulté son pendule magique, il a commencé par le promener, sur la mappemonde, juste au-dessus du Palais de Kadhafi. Le pendule s'est mis à frétiller, Reagan s'est écrié : « Well ! C'est lui, le damned rascal ! Allez-y, garçons ! » Et, bien fatigué, il a rangé le pendule où ça se range habituellement et il est allé se coucher. Supposez qu'il ait commencé par la France... On eût été bonnards, ouh là là !

Bon. Que cela ne vous empêche pas de polluer la

plage et d'avaler à pleins poumons les pollutions de vos semblables, mais pensez dès maintenant à mettre des sous de côté pour le petit Noël de Mme ex-« Turenge », qui a perdu ses guillemets et gagné du galon.

Et ne vous croyez pas autorisés à demander à un juge ou à un journaliste français combien il a touché de kilos de beurre pour fermer sa gueule. Vous commettriez le délit de diffamation ou d'injure à magistrat, vous iriez en prison, et je ne crois pas que M. Chirac vous sortirait de là, même pour une demi-livre de beurre.

(Août 1986.)

Cabu

Elle flambe, elle flambe, la forêt !

Les forêts flambent. Que voulez-vous qu'elles fassent d'autre ? C'est tout ce qu'elles savent faire, les forêts : flamber. Tu leur présentes une allumette, une toute petite, une allumette de rien du tout avec au bout une flamme si pâlichonne que tu la vois même pas dans le grand soleil, vloumm, elle flambe, la forêt, d'un seul coup, et elle n'arrête plus, ça ronfle, ça pète, ça rugit, ça cavale partout, ça dévore tout, hop là.

Avant, elles ne flambaient pas, les forêts. Elles ne savaient pas comment on fait. Elles ne savaient même pas qu'elles pouvaient faire ça. Elles poussaient, c'est tout. Elles haussaient leur paquet de verdure à bout de bras, à bout de branches, le plus haut qu'elles pouvaient, et bon, elles restaient là, comme ça. L'air un peu con, oui. Le vent se faufilait dedans, des oiseaux, des lapins, des écureuils y faisaient l'amour hardi petit en gueulant à tue-tête, les oiseaux je veux dire, les lapins, eux, ils tapaient de la patte, les écureuils, je ne sais pas comment ils expriment l'extase. Des vieilles pauvresses y cheminaient, pliées en deux sous d'énormes fagots, des enfants y cueillaient des mûres, quand un enfant rencontrait une vieille, il lui proposait de l'aider à porter le fagot, aussitôt la vieille se changeait en une bonne fée jolie comme tout et elle disait à l'enfant de faire trois vœux et qu'ils seraient exaucés à l'instant, alors l'enfant, ravi, disait ses trois vœux : « Voir ton cul, voir ton cul, voir ton cul, et savoir pourquoi tout le monde a envie de voir le cul d'une fée », mais ça faisait quatre vœux, l'enfant ne savait pas encore très bien compter, pauvre cher trésor, et donc il n'avait rien du tout, les fées n'aiment pas les goulus. Vous voyez, les forêts, ça ne servait vraiment à rien, ça se sentait profondément inutile sur cette terre qui est une ruche, c'est pourquoi elles étaient tristes et plutôt déprimantes à voir, surtout au crépuscule quand vous étreint le sentiment poignant de la vanité de toute chose et qu'on a oublié d'emporter sa petite laine.

Ainsi en alla-t-il pendant des siècles et des siècles, et des millénaires et des ères secondaires, et des âges de la pierre taillée, et des Mérovingiens, et des révocations de l'Édit de Nantes en veux-tu en voilà, jusqu'au jour...

Jusqu'au jour où l'homme inventa les congés payés et leur complément, le tourisme populaire.

Ah, salaud ! vous écriez-vous. Ah, faux nez, ah, aristo, ennemi du travailleur ! Voilà, voilà, tu te trahis, tu t'exhibes ! Tu brigues l'édito du « *Figaurore* » ! Si ça va mal, c'est la faute au pue-la-sueur ! Ben, voyons ! Aujourd'hui, les forêts. Demain, quoi ?

Vous aurez remarqué que je vous ai laissé gueuler. J'ai attendu que vous fussiez essoufflé. Je m'explique. Prenons un exemple. Prenons la Provence. Ça brûle bien, la Provence. Rien que du résineux, avec au pied de la broussaille bien sèche. Vous me direz, il n'y a qu'à faire attention. Écraser le mégot. Secouer l'allumette. Ceinturer le pyromane. Enfin, quoi... Moi je vous réponds chiffres. Statistiques. Probabilités. Ah, ah, vous frétillez. Vous aimez, petits gourmands! Alors, voilà. Quand, sur deux fumeurs, un seul des deux envoie son mégot n'importe où sans se soucier de savoir s'il se trouve dans l'Estérel au milieu des pins ou dans l'Atlantique en train de tenter la traversée à la nage, on dit que cinquante pour cent (50 %) de ces personnes sont des cochons criminels irresponsables. Notez ce chiffre. Vous sentez instinctivement que, en présence d'une foule touristique ainsi composée, les pins de l'Estérel ont une mince chance de ne pas flamber. Mais, objecterez-vous, 50 %, c'est énorme! En forêt, et de pins, les gens sont beaucoup plus soigneux, allons, allons... C'est vrai. Tenons-en compte. Si je vous propose une proportion de 10 % de pas soigneux, qu'en pensez-vous? C'est vraiment peu, n'est-ce pas? On peut dire d'une telle foule qu'elle est exceptionnellement raisonnable. Bien. Maintenant si je vous dis 1 %? Et tiens, soyons pas chien, 0,1 %? Un seul pas soigneux sur mille fumeurs, c'est pas humain, c'est des anges du Bon Dieu, ça! Eh bien, tiens, je me dégonfle pas, je dis 0,01 %! Un sale con sur dix mille croquants, t'imagines? Je te la fais belle, hein? Maintenant, voyons un peu ce que ça donne sur le terrain. Combien, à vue de nez, d'estivants traînent leurs sandales chaque année sur la Provence entre le 1er juillet et le 31 août? Dix millions? Vingt millions? Deux fois plus? Dix fois?... Soyons modestes. Disons dix millions. Un sur dix mille, pourcentage infinitésimal, ça fait combien sur dix millions? Facile, ça fait mille. Mille! Dis donc... En prenant des proportions ridiculement, invraisemblablement basses, on arrive quand même à mille fouteurs de feu potentiels! Et je n'ai parlé que des sans-soin, des imprudents, des distraits. Je n'ai pas fait entrer dans le calcul les pyromanes, les malveillants, les âmes d'artistes fascinées par le magnifique incendie qu'elles ont vu à la télé...

L'homme du pays ne fout pas le feu à sa forêt. À moins de petite vengeance, oui, ça s'est vu, mais c'était très grave, un crime. L'estivant s'en fout. Enfin, un estivant sur cent, sur mille, sur dix mille, d'accord, mais, nous venons de le voir, ça suffit largement. Donc, tourisme et forêt sont incompatibles. L'un tuera l'autre, tôt ou tard. Devinez lequel.

La forêt s'est enfin trouvé une raison d'être : flamber. Elle ne le fait pas deux fois. Elle flambe, et plus de forêt. La forêt méditerranéenne ne repousse pas. À sa place naît le maquis. Ou le béton. C'est pas plus mal : le béton est plus utile à l'économie que la forêt.

Là, vous avez beau avoir l'habitude, Cavanna et ses paradoxes à deux ronds, oui, on connaît, là, n'empêche, vous vous récriez. Le touriste, vous récriez-vous, il va où il y a la forêt ! Promettez-lui du béton sur l'affiche, il n'ira pas. Il veut de la verdure et de la poésie, ce travailleur harassé que traumatise la trépidation des métropoles. Il veut de la mousse, de la source murmurante, des cigales, de la lavande et des oiseaux jaseurs. Pas du béton.

Faux. Il croit vouloir tout ça. En fait, tout au fond de lui, ce qu'il veut, c'est le béton, c'est-à-dire ce qu'il y a dans le béton : l'hôtel, le restau, la marina, l'autoroute pour y aller vite vite, les bistrots pour la pétanque, les boutiques pour le shopping, et comme il est beaucoup, le touriste, il en faut beaucoup. Et un peu de verdure autour pour faire joli et se dire qu'on n'est pas à Paris, mais c'est de moins en moins nécessaire. De l'ordre du fantasme, si c'est comme ça que vous causez.

La verdure, la forêt, la natûûûre, c'était bien à l'origine, pour lancer le truc. Un peu, si vous voyez, comme les trois tilleuls de la petite place qui ont donné son nom au petit troquet sympa : « Aux trois tilleuls ». On a scié les tilleuls, la petite place est devenue un parking et le petit bistrot une grande fausse vieille auberge snob et con, mais elle s'appelle toujours « Aux trois tilleuls ». Plus besoin de tilleuls. Ils ont joué leur rôle, les tilleuls, au revoir, les tilleuls. Comme les vénérables pauvres vieilles rues « du Moulin des Prés » ou « du Château des Rentiers » qui n'ont pas encore été débaptisées au profit d'un général Leclerc ou d'un Marx Dormoy à vous foutre le cafard.

La forêt provençale a contribué à « lancer » la Provence, au même titre que la « grande bleue », la bouillabaisse et le pastis. La grande bleue est devenue un égout dégueulasse, la bouillabaisse est touillée avec des poissons congelés importés du Japon, d'Australie ou de je ne sais quel Guatemala, de la forêt il reste quelques chicots noircis. Peu importe. La Côte n'a plus besoin de tout ça pour accrocher son Luna-Park. Le Luna-Park roule tout seul. Tant qu'il y aura le soleil et le pastis... Remarquez, même le soleil, il se peut qu'un jour les fumées de la conquérante industrie le cachent une fois pour toutes. Ça ne fait rien, on installera des batteries de lampes à bronzer, on ira quand même sur la Côte. Le pastis n'y a pas le même goût qu'à la Bastille, tout ce qu'on voudra.

Tu t'égares. Oui. Résumons : la forêt, pleures ou ris, elle est foutue. Exact. Et pas que les pins de Provence ou les châtaigniers de Corse. La forêt, partout on la rase, cette inutile, cette grande feignasse. Tiens, les Brésiliens : la fameuse forêt vierge amazonienne, « le poumon du monde », eh bien, ils sont en train de la supprimer. Et tu sais pourquoi ? Pour cultiver massivement la canne à sucre. Mais, du sucre, on en a déjà trop, on sait pas quoi en faire, on en crève, du sucre ! Oui, mais les Brésiliens, eux, ils en font de l'alcool. Pas de l'alcool pour boire, non, de l'alcool pour remplacer l'essence dans les voitures. Alors, là, je m'incline. Préférer la forêt à la bagnole, faudrait être maso, fou dingue dans sa tête... Et où ils iront avec leurs voitures, les Brésiliens ? Oh, ils iront à l'hôtel de la Forêt, au camping des Trois Acajous Géants, dont les noms romantiques leur diront que, là, autrefois, à ce qu'on dit, il y avait une forêt.

On la tolère encore un peu, la forêt, pour la hacher en pâte à papier ou la laminer en simili-massif. Le jour où la civilisation n'aura plus besoin de papier ni de maquiller le plastique en faux bois, adieu le dernier arbre !

Oh, et puis, hein, qu'est-ce qu'on en a à foutre, de la forêt ? Une grande dalle de ciment d'un pôle à l'autre, peinte en vert, si tu veux, pour nos rallyes et nos Tours de France, un peu d'eau sale pour nos planches à voile, des parasols pour picoler à l'ombre... Le bonheur.

(Octobre 1986.)

La crise? Où que t'as vu ça, toi?

Les infos à la télé. « Afin de rester crédiblement concurrentiel et de maintenir victorieusement la présence de l'industrie automobile (ou textile, ou vinicole, ou du moulin-légumes...) française sur les marchés internationaux face à une expansion étrangère particulièrement agressive, Renault (ou Citroën, ou Lu-Lu, ou Moulinex, ou Nicolas...) a décidé d'investir massivement pour équiper ses nouveaux ateliers de Pétaouchnock entièrement automatisés et robotisés qui produiront à la cadence d'une voiture (ou d'un piège à rats, ou d'une tonne de boules de gomme...) toutes les trois secondes sans aucune intervention humaine, s'imposant ainsi haut la main comme la première entreprise mondiale dans sa catégorie. » Défile sur le petit écran la chaîne de montage aux jolies couleurs qui pond toutes les trois secondes, pok... pok... pok... une bagnole toute neuve, belle comme une mariée (ou un grille-pain, ou une fusée Ariane, ou un cent de pinces à linge...). C'est beau, c'est beau... Tu bats des mains. Tes enfants sont fiers d'être Français.

Mais revoilà le gentil jeune homme en complet-cravate. « Les derniers chiffres du chômage, en données saisonnières corrigées, viennent à l'instant de nous être communiqués par les gens dont c'est le métier de faire ça. Il en ressort en première approximation que les prévisions relativement optimistes du ministre de ces choses devraient être revues nettement à la hausse, compte tenu des imprécisions forcément inhérentes à un bilan sommaire et qui devraient, naturellement, être corrigées dès que nous serons en possession de données plus précises. Quoi qu'il en soit, il semble bien que

l'on ne doive plus tenir pour absolument invraisemblable que la barre des trois (ou des quatre, ou des cinq, ou des...) millions de chômeurs soit près d'être atteinte, peut-être même d'ores et déjà franchie si l'on en croit les insinuations de certaines formations apparentées à l'opposition, ceci, bien entendu, sous toutes réserves. »

Là, tu ne bats plus des mains.

Là, les coins de ta bouche commencent à pendre vers le bas. Tes enfants, sentant le malaise, baissent le nez. Le hideux spectre du chômage aux dents verdâtres s'est faufilé dans ton intérieur douillet. Il rôde, il ricane. Demain, peut-être, toi...? Tu frissonnes et tu te dis : « C'est la crise, quoi. Quelle terrible chose! Vivement qu'on en sorte. Saleté de crise, va! »

Et alors, justement, non, c'est pas la crise. Rien à voir avec 1929, le jeudi noir, tout ça... Là, oui, c'était une crise. Une vraie. Incompréhensible. Inattendue. Qu'on ne savait pas par quel bout prendre. (On en a quand même trouvé un : la guerre, et même, bien avant la guerre, le bruit de la guerre, son terrible bruit de bottes. À ce bruit stimulant, l'industrie repartit, le chômage se résorba, la crise, pfuitt, disparut... Mais ceci est une autre histoire!) On n'est plus en 29. Ce qu'aujourd'hui on nomme « crise » n'est pas une crise, c'est-à-dire un incident de parcours, un déconnage incontrôlé de la conjoncture dont on peut toujours espérer la fin, mais bien un choix parfaitement délibéré. Un « choix de société », comme disent ceux qui savent dire.

Entendre annoncer, au cours du même journal télévisé, l'accession d'un nouveau secteur de l'industrie à l'automation et l'augmentation irrésistible du nombre de chômeurs, se réjouir de l'un comme d'une victoire de la technologie et déplorer l'autre comme une calamité est un des plus beaux exemples de contradiction intime supportée sans douleur.

Enfin, quoi, si l'on ôte les gars des usines pour les remplacer par des machines, on en fait des chômeurs, non? Si, pour produire ce qu'on appelle les « biens de consommation », il est plus avantageux d'investir dans des équipements automatiques que de payer des hommes, il est bien évident que tout gestionnaire non gâteux choisira les automates. Si tu ne le fais pas, le concurrent le fera, ça reviendra au même au bout du compte, avec, en plus, pour toi, la faillite. C'est comme ça. Donc, les industriels, encouragés par les gouvernements, choisissent l'automate. D'accord.

L'essentiel, c'est que les biens de consommation soient produits. Le sont-ils? Ils le sont. Parfait. Aussi bien que par la main humaine? Mieux, même. Et plus vite. Et plus propre. Et moins cher. Youppie!

Tout est donc pour le mieux... Juste un petit détail. Qu'est-ce qu'on fait des inutiles? Ils ne sont plus nécessaires à la production, les produits se produisent tout seuls, le profit tombe tout seul dans la poche des patrons, des actionnaires, des États-patrons, enfin, bon, dans les poches où il doit tomber. Alors, je répète : que fait-on des, comme il vous plaît à dire, chômeurs? Chômeurs qui, dans la perfection ultime du machinisme automatisé, robotisé, se réparant et se concevant lui-même, seraient la totalité de l'engeance humaine, j'anticipe à peine. Alors, hein, qu'est-ce qu'on en fait?

Là, tu réfléchis. « Eh bien, finis-tu par dire, puisque la machine toute seule produit ce qu'ils produisaient auparavant par leur dur labeur et que ce produit consiste justement en des choses nécessaires à leur vie, à eux, chômeurs, ou en des choses utiles, ou en des choses agréables, c'est tout simple : il faut les leur donner. La machine travaille pour eux, non ? »

Tu dis cela, et à peine l'as-tu dit que tu te rends compte que non, ça ne se peut pas, c'est une connerie. Pis : un blasphème. Une phrase flamboie soudain devant tes yeux : « Tu gagneras ton pain à la sueur de ton front ! » Eh, oui. Au front du chômeur ne perle pas la sueur. Celui qui ne travaille pas jouirait autant que celui qui s'échine ? Impensable. Insoutenable. Ousqu'est mon fusil ?

Mais, dans mon cas à peine anticipé où personne ne travaille plus, où la machine fait tout, où donc il y a 100 % de chômeurs ?... Ah oui, ce cas-là, hé ? Oh, ben, on verra, on n'en est pas encore là, chaque chose en son temps.

Et moi, je vais te dire : c'est tout vu. On en fera des soldats. Jusqu'ici, c'est toujours comme ça qu'on a fait. Et on les écrabouillera. C'est ça, le métier d'un soldat : se faire écrabouiller. Par d'autres soldats, autrefois. Aujourd'hui, par des machines. Des machines à écrabouiller. À casser, à démolir, à foutre le feu. Automatiques, bien sûr, aucune intervention humaine. Après, d'autres machines reconstruiront. Faire et défaire, c'est toujours du profit.

Pour qui, le profit ? Oh, ça... N'oublie jamais : le manger, le boire, l'avoir chaud, enfin tout ce qui fait la vie, n'est que sous-produit. Le véritable produit de toute activité humaine, c'est le profit. Le boulanger ne fait pas du pain pour le pain, mais pour le profit qu'il tire de la vente du pain. S'il pouvait avoir le profit sans s'emmerder à faire le pain, tu verrais un boulanger heureux, moi je te le dis !

Qu'est-ce que je suis resté soixante-huitard ! Je devrais avoir honte... La pire injure, de nos jours, « soixante-huitard ». Ça et « ringard ». De droite ou de gauche, ils ont une trouille bleue d'être traités de soixante-huitards. Un signe, non ? Ils sont tous devenus des veaux, et ils sont fiers de l'être ! Ils ne savent même pas ce qu'était mai 68, et, parce qu'on leur dit que c'était con et ringard, ils ricanent et se foutent de leurs papas. Et ils font exactement ce qu'en mai 68 on disait qu'ils feraient, les bons petits moutons. Ils adorent le fric, la réussite, la publicité, la vulgarité, le clinquant. À plat ventre devant. Les héros qu'on leur propose (que la pub et les flatte-cons leur proposent) sont des vendeurs de bagnoles, des baratineurs à grosses mâchoires, des sourires en porcelaine... Des « gagneurs » !

Ces pauvres cons ont le culte des « gagneurs » ! Les héros de cette génération de veaux béats se nomment Tapie, Séguéla... Oui, je m'énerve. J'arrête, vaut mieux. Mais jamais je n'aurai honte d'avoir été soixante-huitard, et même avant la lettre, et de l'être resté. J'ai critiqué mai 68 quand mai 68 déconnait. (Qu'est-ce qu'il a pu déconner ! Un vrai chiot fou !) J'ai dénoncé la chienlit quand il tournait chienlit, certes je ne m'en suis pas privé, et dès mai 68 ! Mais jamais je ne renierai les grandes idées de 68, cette magnifique, cette bouleversante prise de conscience de jeunes qui, eux, n'avaient pas la trouille d'être jeunes et d'oser vouloir changer le monde, et d'oser remettre en question les vieux fatalismes, les vieilles résignations, les incohérences passivement subies « parce que c'est comme ça »... Ces gosses qui avaient trouvé cette étiquette qui résumait tout : « société de consommation » ! Que l'écologie propulsait à l'assaut des Tchernobyl naissants. Que l'horreur de la tuerie envoyait en foule devant les cimetières militaires...

Allez, pépé, pleure pas. Les vieux cons et les crocodiles ont gagné, une fois de plus. C'est la vie. Pas de quoi se rendre malade.

Mai 68, le bref instant où le monde a failli être jeune.

(*Novembre 1986.*)

JE PENSE À CES LICENCIEMENTS CHEZ MICHELIN...
cabu

Mourir quand on te cogne dessus, c'est pas de jeu !

De diverses choses d'actualité brûlante.

Lundi midi. Lundi 8 décembre. Le Rhin assassiné par Sandoz, grand pollueur suisse aussitôt suivi par des centaines de petits pollueurs tout aussi suisses qui n'attendaient que ça pour se cacher derrière et, profitant de l'occase, vider leurs pots de chambre chimiques dans le Rhin éternel, père des fleuves et des petits poissons. La Lorelei, sur son rocher, a la chiasse. L'U.A.A.P.P.P.F.J. (Union des Associations d'Assassins de Petits Poissons Pour Faire Joujou), autrement dit les sociétés de pêcheurs, élève une solennelle protestation. Les tractations sont en cours. Sandoz repeuplera le Rhin et offrira en prime une boîte d'asticots premier choix à chaque pêcheur régulièrement inscrit. Comme ça, ça va. Tout le monde est parti boire un coup, c'est Sandoz qui paie la tournée. Brave type, au fond.

Du bruit dans la rue. Ce n'est donc pas fini ?

Non, cette fois, c'est la jeunesse. Elle aussi proteste solennellement contre la pollution du Rhin ? Le Rhin ? Ah, non. Elle s'en fout, du Rhin, la jeunesse. Elle est en colère parce qu'on a fait ce qu'il fallait pour la mettre en colère. Qui, « on » ? Monsieur Chirac, caché derrière Monsieur Devaquet, ministre de la chose des Études et Bizutages. Alors, voilà, la jeunesse descend dans la rue, elle défile bien sage derrière ses pancartes, elle prend bien soin de ne rien déranger, de ne pas salir par terre, et puis elle s'assied sur le trottoir (c'est tout froid, ça mouille le cul) et elle attend ce que l'on va répondre à ses représentants autorisés. On leur répond « Prout ! », et puis on précise : « Pas question de retirer le projet, pas question d'en changer une ligne. Bonsoir, les petits. »

Très, très méprisant. Les jeunots, vous savez comment c'est : tout le temps tendance à croire qu'on les prend pour des jeunots. Paranos, voilà, c'est ça. Ont rougi, tous en bloc, jusqu'à la pointe des oreilles, malgré leur cul mouillé. Ils ont dit : « On va réfléchir à tout ça. » C'est alors que les CRS ont chargé. Tout à fait de bon cœur, ils ont chargé. Ils en ont attrapé un, un tout petit, l'air plutôt pâlichon. Évidemment, il courait moins vite que les autres, et il s'appelait quelque peu Malik, il s'appelait Malik gros comme un melon sur sa figure, d'habitude c'est coriace, les Malik, ça court pas vite parce que c'est feignant, mais coriace, ça oui. Eh bien, celui-là, justement, non. Une fois bien cogné, il s'est arrêté de vivre, le petit salaud ! Quand on n'est pas sûr de tenir le coup, on ne sort pas dans la rue, enfin quoi.

Bien sûr, après ça, manif calme et digne pour pleurer Malik. Bien sûr, en fin de manif, à peine les petits jeunes bien sages ont-ils obéi à la consigne de dispersion et le service d'ordre a-t-il tourné le dos, à peine à peine, les passe-montagnes à barres de fer arrivent et cassent tout. Classique. Et les CRS les regardent faire avec un bon sourire. Archi-classique. Et la France profonde se dit : « Les petits jeunes ont peut-être raison, sûrement même, mais puisque leurs paisibles démonstrations servent de prétexte aux voyous, aux gauchistes, aux anarchistes, aux basanés, aux revanchards de tout poil qui ne rêvent que de déstabiliser notre beau pays, alors, tant pis, l'ordre avant tout, de deux maux choisissons le moindre, plutôt un peu d'injustice dans les études que l'anarchie au groin sanglant maîtresse du pavé. » Voilà ce qu'elle se dit, la France profonde, ô combien profonde...

Et voilà, je viens de l'entendre — nous sommes lundi, lundi 8 décembre — que Monsieur Chirac, crac, annonce qu'il retire son projet de loi. C'est une bonne chose. L'aurait dû commencer par là. C'est-à-dire, AVANT le mort. Là, ç'aurait été bien. Pas aussi bien que s'il n'y avait pas eu de projet du tout, mais moins mal que maintenant qu'il y a un mort sur le pavé. Les jeunes sont contents. Pas aussi contents que s'il n'y avait pas le mort. Parce que, le mort, Monsieur Chirac ne le ressuscite pas. Remarquez, il peut se dire qu'il n'est pas mort pour rien, le mort, tous les morts ne peuvent pas en dire autant. Enfin, bon, la jeunesse veut défiler mercredi. En signe de victoire. En signe de deuil. Ça peut se passer gentiment. Ça peut tourner très mal. Ça dépendra des casseurs. C'est-à-dire, de la conduite de la police envers les casseurs... Là, plusieurs facteurs entrent en jeu, sous forme de questions-gigognes qui s'emboîtent l'une dans l'autre, comme les poupées russes :

A — Chirac veut-il VRAIMENT l'apaisement ?

B — Pasqua et Pandraud, maîtres de la police, jouent-ils VRAIMENT franc-jeu envers Chirac ?

C — L'ensemble de la police joue-t-il VRAIMENT franc-jeu envers Pasqua, Pandraud et Giscard ?

D — En supposant qu'il a été répondu « Oui » à chacune des questions précédentes, n'y a-t-il pas, dans la police, des éléments extrémistes organisés capables de « foutre la merde » par casseurs interposés ?

Voilà. À l'heure où vous lirez ceci, les événements vous auront donné les réponses. Mais peut-être ne saviez-vous pas qu'il y avait des questions... Dans ce cas, vous recevez dans le même colis les questions et leurs réponses, en kit, suffit de coller la bonne question en face de la bonne réponse, ça vous fera votre petit Noël.

Et puisque vous avez pris goût au jeu des questions et des réponses, en voici quelques autres, en vrac, pour vous occuper les doigts :

— Pourquoi avoir brandi ce projet de loi Devaquet ?

Réponse : parce que c'était le seul moyen sûr de foutre la merde dans la rue.

— Pourquoi foutre la merde dans la rue ?

Réponse : parce que c'était, croyait-on, le seul moyen d'en finir avec cette « cohabitation » paralysante, où la droite, depuis six mois, s'englue, se déconsidère en tant que droite, déçoit les moins convaincus de ses électeurs et perd tout doucement les présidentielles. Les rapports des R.G. donnent les étudiants comme le seul milieu actuellement susceptible de s'émouvoir au point de descendre en masse dans la rue. En leur collant sous le nez un projet de loi outrageusement provocateur, on était sûr, en outre, que les socialistes les soutiendraient à fond, d'enthousiasme et tête baissée. C'était un piège. Les socialistes ont foncé dedans à fond, d'enthousiasme et tête baissée. On laissait les chers petits foutre un peu le feu, on les aidait au besoin, on laissait la France profonde avoir un peu peur au fond de sa vieille tripe, on lui brandissait le cher vieux spectre de mai 68, on laissait les socialos, et donc Tonton l'encombrant, se mouiller bien à fond, et puis on rétablissait l'ordre, et le tour était joué. Quand elle a peur, la France profonde court se réfugier sous les jupes de la droite, c'est un réflexe sur lequel on peut compter. Mathématique.

— Pourquoi le mort?

Le mort n'est jamais voulu, dans ces scénarios d'école, mais il n'est pas exclu. C'est la bavure prévisible à tant pour cent de probabilité, et assumée d'avance. Et même utilisable : un peu de dramatisation ne nuit pas pour susciter dans la France profonde le réflexe salutaire évoqué à la réponse précédente.

— Pourquoi les lycéens, sachant cela, ont-ils marché?

Parce que les jeunes ne croient pas au machiavélisme. Or, en politique, tout est machiavélisme, et machiavélisme très grossier.

— Pourquoi la gauche, et en particulier les socialistes, vieux renards, a-t-elle marché?

Parce que ne pas marcher eût été se rendre complice.

*

Le piège était fort habilement tendu. En somme, la droite au pouvoir propose un bras de fer qu'on ne peut pas refuser.

— Pourquoi justement maintenant, à quinze jours des vacances de Noël?

Parce que toute l'opération devait être liquidée en quinze jours.

— Les gens ne peuvent pas être aussi mauvais!

Bien sûr que non. Je m'amuse. Je fais de la politique-fiction. Et Pasqua aussi, il s'amuse, quand il appelle les joyeux militants du RPR à se mobiliser d'un seul élan pour « défendre la République ».

Dans la bouche d'un communiste, on aurait appelé ça « incitation à la guerre civile ». Et tiens, encore une question, une dernière :

— Qui, à la tribune de la petite fête RPR, est apparu comme le véritable homme fort? Chirac le gigoteur, secoué de tics et distillant les banalités lénifiantes, ou Pasqua-Gueule de Vache, l'œil implacable, la menace à bout portant?

Et tiens, encore celle-là :

— Si TF1 n'était pas à la veille d'être bradée, aurait-on eu droit à ces magnifiques (et gonflés!) reportages sur la collusion flics-casseurs et CRS-nazillons?

Allez, bonne bûche, bonne dinde et fais ton rot, il est né, le divin enfant!

(Décembre 1986.)

Étoile Sakharov et bombe Nobel

Le martyre ne donne pas automatiquement la sainteté. Prendre des coups sur la gueule fait de nous une victime, peut-être, mais une victime n'est pas forcément un ange. Sakharov, la plus grande victime du monde pendant toutes ces dernières années, record d'apitoiement médiatique toutes catégories battu haut la main, Sakharov est enfin libéré de son camp de la pourriture lente. Va falloir se chercher une autre grande figure vachement symbolique pour incarner à elle toute seule les Droits de l'Homme Odieusement Bafoués. Pas si facile : il faut du temps pour imposer un nom et une gueule au public. Le mythe Sakharov ne s'était pas construit en un jour. Et il avait un nom déjà célèbre AVANT. On ne savait plus trop dans quelle spécialité, ici, en Occident, mais, n'empêche, ce nom-là nous sonnait vaguement familier à l'oreille. Les médias se chargèrent de nous rappeler sur quel podium il s'était hissé : Prix Nobel de la Paix. Ouh là là, c'est bien, ça ! C'est trop beau ! Un Prix Nobel de la Paix persécuté pour délit d'opinion, tu te rends compte ? Je vous le dis, on aura du mal à le remplacer, Sakharov...

Et avant d'être Prix Nobel de la Paix, qu'est-ce qu'il faisait, Sakharov ? Oh, il était déjà célèbre. Ah, oui? Qu'est-ce qu'il avait fait? Eh bien, cette fois, c'était dans la physique. La physique nucléaire. En fait, on l'appelait familièrement le Père de la Bombe H Soviétique.

Ah, oui, celui-là, eh... Et on a donné le Nobel de la Paix à l'inventeur de ça? Oh, vous savez, Nobel, le fondateur, était lui-même l'inventeur de la dynamite, et jusqu'à la fin de ses jours il a poursuivi activement l'exploitation industrielle et commerciale de ses joyeuses découvertes. C'est grâce à lui que la guerre de 14-18 marqua un net progrès dans l'hécatombe sur celle de Cent Ans. Le Prix Nobel de la Paix, c'était peut-être pour se faire pardonner, on peut aimer le fric et avoir de la sensibilité, Hitler adorait son chien... Sakharov, ayant glorieusement

aidé sa patrie à se hisser à la capacité de massacre digne d'un État moderne, se payait le luxe de petites démangeaisons à l'âme, vous voyez, il était dans la droite ligne du fondateur du Nobel... Mais alors, vous écriez-vous, on se fout de nous ! Le Nobel, c'est de la merde ! Allons, allons, vous vous oubliez. Le Nobel ne peut pas être la vilaine chose que vous dites, lisez les journaux, regardez la télé, enfin quoi.

Bon. Sakharov persécuté, je disais : « C'est bien fait, vieux con ! » C'était dans *Charlie-Hebdo*, ne me demandez pas la date exacte, chez moi c'est le bordel. En tout cas, j'allais pas me mettre à verser un pleur sur ce savant qui ne trouvait rien de mieux à faire de sa science que s'en servir pour mettre au point des super-bombes. (Pour sauver la Patrie, ouais, ouais, je sais, on a toujours de saintes raisons.) Il fait sa bombe, il lèche le cul du pouvoir, on le couvre d'honneurs, de privilèges et de médailles... Il n'est plus d'accord, on le fout derrière des barbelés. Normal. Ça ne lui plaît pas. Normal. La bonne conscience universelle et antisoviétique en fait un martyr, un héros, un symbole. Le Symbole. Des tas d'organisations se donnent un mal de chien, remuent ciel et terre pour obtenir sa libération. Il est malade, sa femme pleure, bon, bon. Ça polarise l'indignation, tu vois ? Ça donne un nom et un visage à la persécution.

*

Voilà Sakharov sorti du camp. De retour à Moscou. Libre de reprendre ses illustres travaux. Victoire ! crient les Droits de l'Homme. Ses travaux qui consistent à ce que vous savez... À peine aurons-nous fini de crier « Libérez Sakharov ! » que nous prendrons sur la gueule une bombe Super-Hyper H signée Sakharov. C'est pas impossible, ça, pas impossible du tout... Ironie du destin, diront les gens fins. S'il y a quelque part un destin pour apprécier l'ironie, il va en effet s'en payer une bonne pinte.

Bon. Sakharov est libre. La Bonne Conscience a l'impression réconfortante d'avoir remporté une grande victoire... Mais les millions de Soviétiques non-Sakharov qui, eux, continuent à pourrir derrière les barbelés ? Oh, ceux-là, hein ?... Ma foi, écoutez, on avait tout mis sur Sakharov, il n'y avait que Sakharov, il n'y a plus de Sakharov, terminé. On va pas recommencer le cinéma pour chacun de tes millions de bonshommes un par un, non ? Tu fatiguerais le public, à la longue. Et puis, qu'est-ce qu'ils ont inventé, ceux-là, tu peux me dire ? Sûrement pas la Bombe H Soviétique, puisque, celle-là, c'est Sakharov... Tu vois bien ! On ne peut pas mobiliser l'opinion publique pour l'inventeur de la Pince à Vélo Soviétique ou de la Fourchette à Escargots Soviétique... Restons sérieux.

Tiens, je vois encore se pointer une ironie du Destin. Quel marrant, celui-là ! Ceux qui gueulaient le plus fort pour la libération du grand Sakharov ne le faisaient pas tant par amour pour Sakharov ou pour les Droits de l'Homme que pour emmerder les dirigeants de l'U.R.S.S., tu es bien d'accord ? Eh oui, c'est humain. Bien. Ce sont donc de virulents antisoviétiques et, par conséquent, de fervents pro-occidentaux, c'est-à-dire pro-américains. Voilà que leurs vœux et leurs efforts (enfin, c'est ce qu'ils croient) ont rendu Sakharov à ses chers travaux... Les chances de nouveau sont égales, seul Sakharov pouvait faire figure honorable dans la Guerre des Étoiles, c'est le nom de la Troisième Guerre Mondiale, il est déjà choisi, il ne faut pas attendre que le produit soit sur le marché pour commencer la promotion. Là, ce n'est plus gagné d'avance, on va avoir du sport. Les U.S.A. pourraient bien l'avoir dans le dos. Et nous aussi, bien sûr. Et la planète aussi. Mais bon, le dernier vivant sur le tas de gravats pourrait bien être un Russe... Merde, c'est vrai ! Ah, dis donc, j'avais pas pensé à ça... Ça ne fait rien, Sakharov est libéré, cette victoire-là nous l'avons gagnée. Le reste, hein...

(Février 1987.)

La drogue ou le sida, la peste ou le choléra

La peste ou le choléra? Choisis. Dans quelle main? Entre deux maux, dit la si tant vantée Sagesse des Nations (si quelqu'un dans l'honorable assistance sait de quelles Nations il s'agit et d'où vient cette expression qui, depuis mes tendres années, pose un agaçant point d'interrogation devant mon cerveau sensible, qu'il le dise, il me fera du bien), entre deux, donc, maux, il faut choisir le moindre. Voilà, voilà!

Merci, Sagesse des Nations. Sans toi, on serait foutu. Le moindre, bon. Reste plus qu'à trouver quel est le moindre. Ça, la Sagesse ne le dit pas. Elle nous laisse au bord de la révélation, à l'extrême bord, les orteils au-dessus du vide, et elle, plop, elle s'est fait la paire. Démerde-toi...

Alors ? La peste ou le choléra ? La drogue ou le sida ? Choisis, mon gars, choisis. Prends ton temps. Enfin, pas trop, quand même, j'ai pas que toi à m'occuper, figure-toi, j'ai ma tournée à faire, moi, dit la Grande Ricaneuse (la Mort, puisqu'il faut l'appeler par son nom...).

Mais, ouf, l'État a choisi pour nous. L'État, notre mère à tous. Ce sera la peste, c'est-à-dire la drogue. L'a-t-il tirée à pile ou face ? Enfin, bon, la drogue est un fléau moins pire que le sida, au hit-parade des fléaux. Plus besoin de raser les murs pour se procurer une seringue. Ni d'égorger le pharmacien, sa pharmacienne et ses petits pharmachiots. On envisage même d'instaurer la seringue consignable, tu la rapportes, tu achètes une neuve et on te déduit la consigne, c'est le bon vieux temps des canettes avec bouchon à bascule qui revient, très folklo, très écolo.

Deux super-fléaux à la fois, ce serait trop, ce serait insoutenable, l'épouvante humaine a des limites, la glande à jus de trouille n'est pas inépuisable, quand elle est à sec, elle est à sec. Le super-fléau sida a surgi comme un diable au milieu du jeu de quilles, il a pris toute la place, il n'y en a plus que pour lui. L'ex-super-fléau drogue, qui nous faisait tant blêmir il y a un an ou deux encore — si, si, rappelez-vous ! — n'a plus qu'à rentrer à la niche, la queue entre les jambes. Ce qui ne va pas sans poser plus d'un problème. Entre autres, celui-ci :

La drogue, c'était horrible, c'était terrible, mais... Mais ça restait à portée. À portée, je veux dire, de nos imaginations. Un drogué, après tout, il l'avait bien choisi, son balluchon infernal, non? Il pouvait le balancer, hop, d'un coup d'épaule, un gros coup d'épaule, d'accord, mais bon, simple question de volonté. D'ailleurs, on pouvait l'aider, on était là pour ça. On le foutait en taule, on foutait en taule les vendeurs, revendeurs et autres maillons de la chaîne, on te guérissait ça vite fait. C'était dur, oh là là, dur dur, mais pas au-dessus des forces humaines. Théoriquement, du moins. Et c'était une affaire de vigilance, de traque, de rafles au petit matin blême, bref, une affaire de police. Ça justifiait les salaires d'un tas de braves gens. Monsieur Pasqua et Monsieur Pandraud avaient la chose bien en main, la grande offensive allait commencer. L'hypocrite poudre blanche éradiquée (c'est comme ça que ça cause dans le poste, alors pourquoi pas moi?), l'humanité libérée allait s'envoler à tire-d'aile vers les avenirs framboise et pistache... Oui, il y avait bien, quelque part dans le tableau, tout au fond dans le coin, un machin nommé sida, un horrible petit monstre déjà bien verdâtre, mais ça ne concernait que les homosexuels notoires, les pédophiles actifs et autres enculés militants, soit une fraction résolument négligeable du corps électoral. De plus, ce petit monstre sélectif ne, semblait-il, s'attaquait qu'aux pécheurs, aux pécheurs par le cul, c'était donc une juste punition, or le rayon « punitions » ressortit à la morale. La morale, c'est les curés. Pas les flics. Chacun son boulot.

Mais voilà que le sida, d'un seul coup, plouf, prend toute la place, va savoir comment ça s'est fait, on n'a rien vu. Non, il ne s'est pas mis tout soudain à exterminer plus vite que la drogue, ou que le cancer, ou que l'infarctus, ou que la route du week-end et du Ricard, non non, à vrai dire ça reste un petit tueur artisanal, mais ce qui compte, c'est ce qui se passe dans nos petites têtes. L'effet. Si tu vois ? Le sida fait peur. Horrible. Pire que la vérole quand j'étais à l'âge d'aller voir comment c'est fait une femme quand on lève la jupe. On tirait son coup en pensant à Maupassant qu'était crevé bouffé d'en dedans par la saloperie, exemple homologué, au lieu de penser aux yeux de la fille et à la chose toute rose entre ses poils tout noirs. On bandait, bien sûr, la nature tapait du pied, et on poussait son cri de bête, mais après, les angoisses, je te raconte pas. Eh bien, le sida, c'est pire. Mille fois pire. Parce qu'aujourd'hui, il y a la télé. Et les photos couleurs dans les magazines. Le virus pleine page, quelle sale gueule ! Maman !

La Sagesse des Nations (reportez-vous au début), il faut savoir la déchiffrer. C'est une diseuse de bonne aventure comme les autres, elle baigne dans le flou, tu comprends seulement après coup, quand la merde t'est tombée dessus, et alors tu t'exclames : « Mais voyons, mais c'est bien sûr ! », en tout cas tu l'as dans le baba, et si ça peut te consoler, moi, hein... Là, ce qu'elle aurait dû dire si elle ne se foutait pas du monde (mais pourquoi se priverait-elle de ce petit plaisir ?), c'est ceci : « Entre deux peurs, il faut choisir la moindre. » Nuance.

C'est là qu'on s'est aperçu que la drogue n'est plus le fléau super-horrible dévastateur pire que la vérole, pire que l'alcool au volant, pire que Le Pen, Krasucki et Guy Lux réunis. On s'était habitué, quoi. À force, à force. On n'avait plus aussi peur qu'on se figurait qu'on avait. C'était arrivé tout doucement, comme les premières varices (si vous avez des varices, naturellement. Si, vous, c'est plutôt la paupière qui pend, ça peut faire aussi). Mais l'homme a BESOIN d'avoir peur. Une Grande Peur Sacrée Pire que Tout. Une épée de Damoclès (là, je m'adresse aux lettrés). Une niche écologique ne reste jamais longtemps vide, vous savez ça, là, je parle un langage à votre portée, puisque vous lisez ce journal. Alors, bon, la Grande Terreur de la fin du vingtième siècle est le sida, le reste est renvoyé au placard aux balais.

Qui attrape et transmet le sida, à part les enculés-enculeurs ? Les drogués, à cause des seringues malpropres. Ah. On tient quelque chose, là. Continuons. Pourquoi leurs seringues sont-elles malpropres ? Parce qu'ils se les repassent sans les laver (c'est du plastique, tu ne peux pas les mettre à bouillir, ça ramollit à la cuisson, comme les nouilles, oui, c'est tout à fait ça). Pourquoi se les repassent-ils ? Parce que la vente est interdite. De mieux en mieux ! On progresse, on progresse ! Pourquoi la vente est-elle interdite ? Pour faire chier les drogués et les dégoûter de la drogue. On se fout de notre gueule ? Oui.

L'État, notre mère, a décidé de permettre la vente libre des seringues-à-se-droguer. Donc, la trouille du sida n'arrêtera plus l'aspirant camé sur la pente savonneuse. Donc, les drogués ne crèveront plus du sida, ils crèveront de la drogue. Correct. Seuls les enculés, les enculeurs et les artistes de variétés crèveront du sida. C'est bien. Il faut de l'ordre, ou alors c'est le bordel. On saura de quoi on doit traiter un qui crève du sida et de quoi un qui crève d'une overdose. Le monde redevient moral.

Tu me diras (je te vois venir !) : « Mais, un qui crève du sida, pourquoi ne se paierait-il pas la gâterie d'une petite dope ? Au point où il en est... » Et tu ne manques pas d'ajouter aussitôt, séduit par la tentation de la symétrie : « Et un camé bouffé jusqu'à l'os, qu'est-ce que ça peut bien lui foutre de se choper le sida, EN PLUS ? »

Hé, oui. Tu as mis le doigt dessus. On peut très bien crever du sida ET de la drogue. Fromage ET dessert. Il y en a qui ont vraiment le pot... Mais je vais te dire : quand tu en es là, tu es enfin tranquille. Finie la trouille permanente. Tu ne risques plus rien. Que de te casser la gueule dans l'escalier en courant après ton dealer sur tes pauvres pieds sanguinolents qui sèment leurs orteils. Alors, un bon conseil : reste au lit, fais-toi livrer à domicile, les pharmaciens assurent le service après-vente.

(*Mars 1987.*)

La belle fille
sur le tas de merde

Notre civilisation est une belle fille assise sur un tas de merde. Une femme suprêmement belle, fardée jusqu'aux sourcils, ruisselante de bijoux, éblouissante de parures, plus imposante qu'une reine, plus désirable que Vénus, et juchée sur ce tas de merde qu'elle chie sous elle, et chie, et chie, inlassablement, épouvantablement.

On parle souvent de pollution. On pense très peu aux ordures. Aux « déchets », comme il est de bon ton d'écrire. C'est pourtant un des problèmes majeurs de notre société de consommation à outrance, peut-être celui dont nous crèverons, par étouffement, par submersion, par empoisonnement.

Des déchets, il y en a toujours eu. On pèle les pommes, les patates, on jette la queue des poireaux, autrefois la présence en tous lieux du cheval, moteur universel, entraînait la production quotidienne d'une gigantesque masse de paille souillée par l'urine et le crottin, aussi bien en ville qu'aux champs. On continue à éplucher les légumes (de moins en moins, cependant : conserves et soupes en sachets ont concentré l'épluchage dans les usines), mais le cheval, sa litière, son fumier et son purin ont disparu.

Des déchets, il y en a toujours eu, mais voilà : ils étaient bio-dégradables, pour parler instruit. Les bactéries ambiantes les attaquaient à peine produits, et les transformaient tranquillement en une chose noirâtre, spongieuse, qui sentait la cave et le champignon : l'humus, autrement dit la terre, la bonne terre grasse et nourrissante où toute plante germe, croît et donne son fruit. Toute plante, c'est-à-dire toute vie.

La belle fille de tout à l'heure, Mademoiselle Civilisation de Consommation, celle-là même, oui, est une formidable gaspilleuse. Elle chie plus que jamais, vous disais-je, et droit sous elle, la grosse cochonne, seulement sa merde n'est plus la source de vie et de renouveau qu'elle fut. Elle pue autant, mais pas de la même façon. Elle n'est plus source de vie, elle est cloaque de mort. Sa laideur ne se transforme plus en jaillissement de printemps, fleurs, beauté et chants d'oiseaux. Sa laideur reste laideur, désespérément, inexorablement. Et cette laideur tue.

Le fumier a disparu. L'emballage est venu. Cette civilisation pourrait s'appeler Civilisation de l'Emballage. Elle en est d'ailleurs très fière. Elle a même créé un Salon de l'Emballage (Pardon ! « du Conditionnement »... Quel plouc indécrottable je fais !) pour exalter le culte de l'Objet qui valorise l'Objet qui est dans l'Objet. Elle a hissé l'accessoire au-dessus de l'essentiel.

Elle a décidé que ce qu'il y a autour vaut mieux que ce qu'il y a dedans, que la présentation compte plus que la chose, bref, que le client est un con qu'il faut flatter en valorisant la moindre pacotille comme un Saint Sacrement.

Le résultat ? Un formidable monceau de saloperies indestructibles que ramassent chaque matin les bennes municipales pour les porter un peu plus loin, dans la verte campagne, où, ne sachant trop quoi en faire, on les « compacte » sur des emplacements creusés dans cette chère vieille terre à pâquerettes, on compacte, on compacte, et quand c'est plein on saupoudre d'un nuage d'humus, on plante des peupliers et des résidences pour pauvres, c'est très joli, très printanier.

Remarquez, je n'ai pas dit qu'« on » s'en fout. Loin de là. « On » se préoccupe. « On » essaie des

remèdes. Problème : anéantir quelques centaines de millions de tonnes de matériaux inutilisables à la vitesse même où les usines les crachent.

Les incinérer? Attention! Danger! Il y a là-dedans une énorme proportion de matières plastiques, composés chimiques complexes qui, lorsqu'on les brûle, non seulement consomment notre bon oxygène mais crachent des nuages de chlore, de soufre et d'autres poisons éminemment toxiques. Eh bien, il faut trier, avant. Bien sûr, mais ça coûte cher. N'oublions pas que la notion de rentabilité est à la base de toute activité humaine civilisée et que si, au bout de l'opération, le bilan est négatif, l'entreprise se casse la gueule. C'est ce qu'ont pu vérifier plusieurs firmes qui s'étaient lancées hardiment dans l'incinération d'ordures, comptant dompter la chaleur ainsi produite et, la persuadant d'emprunter certains tuyaux astucieusement combinés, l'amener à se transformer en fée électricité, si utile dans nos campagnes...

Faire de l'humus? Beuh... Seuls, les éléments biodégradables, c'est-à-dire les épluchures, le papier (non couvert d'encre d'imprimerie!), les chiffons (non synthétiques!) et le caca du chat acceptent de se prêter aux fermentations accélérées qu'ont mises au point les spécialistes de la chose. Encore cet humus à la cravache n'excite-t-il guère l'enthousiasme des intéressés : horticulteurs et autres fleuristes. Les cultivateurs, eux, préfèrent les engrais chimiques. Et puis, là encore, il faut d'abord trier. Et que fait-on de l'indestructible? Plastique, verre, céramique, brique, plâtras, métaux...?

Pour le verre — quand on réussit à le séparer du reste, ce qui n'en concerne qu'une faible partie, malgré les réceptacles de dépôt placés aux plus jolis endroits de nos avenantes cités, objets d'une laideur si agressive que beaucoup, épouvantés, repartent, leur bouteille sous le bras, et la glissent discrètement dans une bouche d'égout... — pour le, donc, verre, on le broie, on le fond, on en refait du verre. À la limite de la rentabilité, mais enfin, bon.

Le plastique, lui, on ne peut rien en faire. Non recyclable. Non brûlable. Dans dix mille ans, nos descendants charmés trouveront encore nos bouteilles aplaties et nos étuis tortillés dans les couches géologiques, et la mer inlassablement bavera sa bave de plastique sur les plages.

Et vous savez quoi ? Les aires d'épandage et de compactage des ordures, longtemps après avoir été ratissées et « paysagées », se mettent à bouillonner ! À bouillonner dégueulasse. Car, dans le magma de postes de télé, de matelas mousse, de mobylettes et de vieux frigos aplatis par le rouleau compacteur, il se trouvait quelques déchets authentiquement organiques, c'est-à-dire fermentescibles (portées de chatons noyés, dégueulis de réveillon, grand-père étouffé sous l'oreiller et balancé avec le matelas...), qui, donc, se sont mis à fermenter. Mais, privés d'air, ils ont fermenté anaérobie, c'est pas les mêmes microbes, ceux-là ne sont pas amicaux du tout, au lieu de chier de l'humus ils pètent du méthane, gaz néfaste quoique combustible. Alors le sol bouge, les peupliers crèvent, les H.L.M. se gondolent et se fissurent, les gosses s'emplissent les poumons de bon méthane qui donne les joues vertes...

Les spécialistes, gravement, cherchent des solutions. Les cons. Mais ils sont payés pour ça ! Ah, bon. Alors, ce sont des malins. C'est nous qu'ils prennent pour des cons. Mais nous aimons que sur nos problèmes des spécialistes se penchent ! Alors, ils ont raison, nous sommes des cons. Et heureux de l'être. Ça tiendra bien comme ça jusqu'à ce que ça casse.

Le problème, pourtant, le vrai, il est à l'autre bout. Là où l'on produit ces saloperies. Pourquoi tant d'emballages ? Pourquoi cette débauche de plastique, d'aluminium, de papier cristal et d'encre multicolore autour de nos petits-beurre ? Pourquoi ces millions de bouteilles d'eau minérale, de caisses (en bon bois d'arbre qui ne sert qu'une fois) pour les transporter, d'étiquettes, de clous, de camions, de..., de..., alors qu'il suffirait d'exiger que l'eau du robinet soit pure et exquise ? (Elle est pas trop mal la plupart du temps, je n'en ai jamais bu d'autre !)...

Parce que nous sommes de bons jobards, sous prétexte d'hygiène et de commodité on flatte notre sens dépravé du luxe et de la dignité à coups de clinquant et d'épate. De plus en plus le produit ne vaut rien, est insipide, cameloté, calculé pour se détériorer très vite ou pour se démoder, mais enfoui sous une telle débauche d'emballage valorisant qu'en défaire les couches successives devient un rituel impressionnant...

Alors quoi ! Retour à la rusticité ? Oh, oui ! Mais je ne me fais pas d'illusion. La concurrence commerciale et sa fille la publicité sont deux acharnées furies, elles règnent sur notre monde de mercantis et de gogos, et je fais des paris sur le jour où les pommes de terre nous seront vendues à l'unité, chaque patate sur un coussin de velours, dans un écrin de plastique à quadruple épaisseur... J'attige ? L'autre jour, j'achète des pommes. Je mords dans une, elle était belle, oh qu'elle était belle, et joufflue, et rouge, et verte, plus pomme qu'elle c'est pas possible, une vraie pomme de paradis... Je, donc, mords, hâagn, dedans. Dégueulasse. De la flotte parfumée à la rave. J'en aurais pleuré. Quelque chose s'était coincé entre deux dents. Je crache : une saleté de papier doré, qui était collé dessus, avec,

fièrement, en relief, le nom du sale con qui ose faire pousser ça. Car ils en sont fiers! Pas de leurs pommes ou des quelconques saloperies qu'ils vendent, mais du fric que ça leur fait gagner et d'être les vrais seigneurs de ce monde
d'arnaque. Oui, bon, c'était juste une anecdote personnelle.

La belle salope fardée, là-haut, n'a pas fini de nous chier sur la gueule.

(Mai 1987.)

Tu veux de l'écologie ? En v'la !

Enfin, qu'est-ce que l'écologie ? Si je pose la question, c'est que je crois déceler que chacun met dans ce mot ce qui l'arrange, ce qui le fait rêver, ou l'indigne, ou l'effraie, ou le rassure... N'importe quoi !

Le dictionnaire nous dit que l'écologie est l'étude des rapports existant entre les êtres vivants et leur milieu (en gros, ça doit être ça, j'écris en voltige, pas de dico sous la main). Mais c'était avant la survenue du « mouvement écologique ». Depuis, le mot « écologie » a pris de l'ampleur et de l'ambition. Je crois pouvoir le définir en disant qu'il exprime l'inquiétude d'UN être vivant (l'homme civilisé) devant la dégradation accélérée de son propre milieu d'existence. Je pense que cette définition est suffisamment générale pour mettre tout le monde d'accord.

Si maintenant on veut un peu affiner, par exemple poser les questions du « pourquoi », du « comment » et du « qu'est-ce qu'il faut faire ? », ça diverge tout de suite.

Le « pourquoi ». En vrac : Trop de science et de technologie. Mauvaise utilisation de la science et de la technologie. Saccage des ressources par les plus puissants. Oubli de la nature. Oubli des vraies

ASPIRATEUR DE SABLE DANS LA RAIE
DES FESSES
cabu

valeurs. Mépris de la tradition. Égoïsme des possédants. Appât du gain. Désir de jouissance maxima. Je m'enfichisme. Incompétence des dirigeants. Impuissance des dirigeants... Vous pouvez allonger la liste.

Le « comment ». La plupart du temps confondu avec le pourquoi, ou en découlant directement.

Le « quoi faire ? ». Découle aussi du « pourquoi », mais modulé suivant tempérament, éducation, etc. Par exemple, au pourquoi « Trop de science et de technologie », il pourra être répondu par « Rctour radical à une phase moins artificielle », « Supprimer la machine, elle est obligatoirement facteur de nuisances ». Tempérament excessif, raisonnement simpliste, mais pas du tout négligeable : il existe, au moins dans certains inconscients, et en tout cas est prôné et mis en pratique par certaines sectes très actives. Autre exemple : le pourquoi « Oubli de la Nature » (avec majuscule). Beaucoup plus séduisant, car contient une résonance morale (et même mystique : « notre Mère Nature ») qui suscite implicitement le « quoi faire ? » que voici : « Retrouver le contact perdu avec la Nature, nous abandonner à Elle avec confiance, savoir La regarder, L'écouter et comprendre Ses leçons. » C'est une variante du « trop de techno », vous l'avez reconnue, mais moins radicale, conçue par et pour un tempérament plus douillet, plus romantique, aussi. Un tempérament, disons, « Rika Zaraï ».

D'autres « quoi faire ? ». Il y en a à peu près autant que d'écologistes, et même que d'individus. Pas le temps aujourd'hui... Écoutez. Nous savons à peu près CONTRE quoi nous luttons. Mais avons-nous clairement idée de ce que serait le monde que nous rêvons ? Oh, pas dans les détails, bien sûr. Disons, en gros, une plate-forme d'accord minimale. Par exemple, je vais vous dire ce que, moi, j'estime absolument à proscrire et ce que je pense être indispensable.

*

D'abord, mettre de l'ordre dans le dedans de nos têtes. Que cesse l'opposition « Science contre Nature », « artificiel contre naturel ». La science est l'étude de tout ce qui est, c'est-à-dire de la nature. La compréhension de la nature se fait par la science, et ne se fait que par elle. C'est la science qui a découvert, par exemple, le rôle des vitamines dans la santé, celui des micro-organismes dans la maladie, d'où la nécessité d'une nourriture équilibrée, de la propreté et de l'asepsie. Il n'y a qu'une manière d'aborder la compréhension de l'existant, c'est l'utilisation du seul outil que nous ayons : notre raison. Encore cet outil nécessite-t-il un apprentissage : ce que Descartes appelait « la Méthode » et qui est tout simplement la logique scientifique stricte.

Ensuite, voir les choses de haut. Se battre pour empêcher l'empoisonnement de telle rivière ou l'implantation de telle industrie à nuisances est bien, mais insuffisant si cette lutte ne s'inscrit pas dans une stratégie générale, dans une « philosophie », aussi. Sinon, la centrale nucléaire que vous avez à grand-peine réussi à chasser de votre vallée ira tout simplement s'installer ailleurs. La bonne question est : « Avons-nous VRAIMENT besoin d'une telle quantité d'énergie ? »

Ce qui nous amène au point suivant : le luxe effréné dans lequel nous vivons (même les plus pauvres d'entre nous, Occidentaux, si si, ne vous récriez pas !) nous est-il nécessaire ? Serions-nous très malheureux si nous vivions sans Coca-Cola, sans eaux minérales, sans résidence secondaire, sans changer de robe tous les mois, sans cosmétiques, sans champagne, sans bijoux, sans fourrures, sans trois kilos de prospectus sur papier de luxe dans nos boîtes aux lettres ? Sans voitures plein nos trottoirs ?

*

Attention, il ne s'agit pas de « retour à la bougie » ou à « l'âge de pierre » comme osait dire le guignol Leprince-Ringuet à l'époque où il nous persuadait que l'électricité nucléaire était ab-so-lu-ment sans danger. Il s'agit d'un choix. Prendre ce que la technologie nous donne de bon (c'est-à-dire les innovations dont le bilan utile/nuisible est nettement positif), rejeter le mauvais, le futile. Car le futile est mauvais : le symbole de l'état actuel de notre « civilisation » est, pour moi, des camions énormes transportant à toute vitesse d'un bout de l'Europe à l'autre (dans des caisses qui ne servent qu'une fois) des petits mickeys en plastique à qui on pose une broche à Lisbonne parce que ça revient moins cher, un coup de peinture à Amsterdam, un autre accessoire à Naples, et qu'on emmagasinera à Londres, à Strasbourg ou à Paris pour les répartir, de là, chez les grossistes, puis chez les détaillants. Camions, camions, camions... Carburant brûlé, routes défoncées, air pollué, forêts ravagées (les caisses !), usines, usines, usines...

Autre point important, et même le plus important de tous : la surpopulation. Elle n'est pas pour demain. Elle est là. Même en supprimant ce luxe imbécile où nous, nantis, nous baignons, il n'y aurait pas de quoi nourrir décemment (et loger, et vêtir, et chauffer...) les « pauvres », c'est-à-dire les trois quarts de l'humanité. Demain, ce sera la catastrophe. Tu es malthusien, alors ? Et comment ! Mais c'est un vilain défaut ! Dieu n'a-t-il pas dit : « Croissez et multipliez ! » C'est vrai. On ne peut pas être écologiste et croire au Père Noël. L'écologie sera scientifique ou elle ne sera pas. La science n'a pas besoin de dieux.

Quand je dis « rusticité », je ne dis pas « passéisme ». Je jouis de tout mon cœur quand l'eau brûlante de la douche me court sur la peau, j'appuie sur l'interrupteur qui m'inonde de lumière en pensant à ce con de Louis XIV qui, malgré toute sa puissance, s'éclairait à la chandelle... Je suis heureux de pouvoir traverser l'Europe ou l'Océan en quelques heures, mais je déplore les formidables migrations de bons cons aux vacances, la ruée sur les plages, le tourisme...

Il me faut finir. C'est tout mal foutu, Burgunder me pousse au cul et justement je n'ai pas la pêche, pour tout vous dire le journalisme j'en ai plein le cul, plein le cul de répéter et de répéter ce que j'ai déjà écrit mille fois, et beaucoup mieux que ça, dans *Charlie-Hebdo*, je ne suis pas un militant, un militant ça consacre sa vie à marteler sans cesse les mêmes propositions de base, chiant à crever. Pour résumer, je suis, en vrac, contre l'écologie mystique, les médecines douces, le bon vieux temps, la bio-énergie, le folklore, les frontières, les militaires, le totalitarisme (tous les totalitarismes), le libéralisme (ce qu'ils appellent « libéralisme » et qui n'est que la loi des goulus)... Je suis violemment contre le meurtre, des animaux comme des hommes, je hais les chasseurs (et aussi les pêcheurs à la ligne, ces assassins pantouflards) qui tuent pour faire joujou, je souhaite de tout mon cœur qu'on fabrique une viande synthétique, même si elle est moins savoureuse, mais qui nous dispensera de tuer, j'ai envie de botter le cul aux connards qui ne voient pas plus loin que leur petite santé et pour qui l'écologie ça signifie manger du veau « élevé sous la mère » comme le leur proposent certains annonceurs dans ce journal même.

Voilà. Si, pour vous, « l'écologie » c'est élever des chèvres dans les Causses en buvant de la tisane de thym autour du feu de bois, crevez.

(*Juin 1987.*)

cabu

La fin du Plouc

Grand cri d'alarme sur la campagne française : les friches gagnent d'année en année! Pourquoi? Parce que les paysans abandonnent la terre. Les vieux se cramponnent, et puis meurent, ou prennent leur retraite. Les jeunes ne prennent pas la suite. Pourquoi? Parce que les produits de la terre française sont trop chers, à qualité égale, et peu à peu les marchés se ferment devant eux. Pourquoi? S'il vous plaît, on va arrêter là la remontée à rebrousse-poil de la chaîne des effets et des causes, cela nous entraînerait loin de notre sujet...

Donc, sournoisement, la campagne française retourne à l'état de nature. Le terrain vague, la lande, la forêt même, regagnent peu à peu le terrain défriché depuis des siècles et même des millénaires. La France, le pays agricole par excellence, le pays de « labourage et pastourage », va-t-elle donc perdre ses deux mamelles après avoir perdu, si j'ose dire, la troisième et non la moindre : l'industrie?

Eh bien, oui. Elle perd tous ses tétons nourriciers, la France, elle les perd discrètement — discrètement, je veux dire, pour la grande masse des Français, mais tout à fait au grand jour pour les gens au courant —, elle les perd, elle renonce, elle passe la main, elle se tourne vers d'autres horizons, elle enfourche d'autres ambitions.

Que ce soit sur le terrain industriel ou sur celui où poussent les choux-fleurs et les pâtes aux œufs frais, la France accepte de n'être pas « concurrentielle » — il y a des mots qui exigent les guillemets comme l'huile de foie de morue exige le morceau de sucre : ça fait passer —, elle a pas la tête dure, la France, elle a compris que, face aux Japs, aux Coréens, aux Taiwanais et, bientôt, — ô bonne mère! — aux Chinois populaires, la bataille est perdue d'avance, alors elle laisse aux Allemands, aux Ritals, aux Ricains et à quelques autres acharnés l'honneur de mener, dents serrées, les combats d'arrière-garde. La France, elle, non seulement accepte le fatal repli, mais encore elle prépare l'avenir et la réorganisation sur des positions radicalement différentes.

Ça, bien sûr, on ne le crie pas sur les toits, mais on agit. Et les indices ne manquent pas qui devraient ouvrir les œils à tout un chacun.

D'abord, ces campagnes qui, comme dit le poète en faisant sonner sur sa lyre un accord lugubre, meurent, certains les regardent se couvrir d'orties et de chardons sans verser de pleurs, et même en esquissant un sourire où se remarque la concupiscence qui donne à penser. Parmi ceux-là, les chasseurs, ou plutôt les sociétés de chasse. « Défenseurs de la nature », ainsi qu'ils se plaisent à le proclamer, ils accourent pour « gérer » — c'est le mot, j'y peux rien — les espaces agricoles ainsi amputés de leur noble vocation productrice. Ils en font d'immenses réserves à gibier en même temps que d'idéales aires de tir sur cible vivante que l'on peut arpenter sans se soucier de la récolte sur pied. Ils se frottent les mains à l'idée des excitantes expériences qui s'offrent à leur imagination : implanter des hordes de taureaux sauvages (c'est commencé), de bisons, d'élans, de gazelles, peut-être même — pourquoi pas ? — d'éléphants et de girafes si le génie génétique arrive à fabriquer des variétés moins frileuses, il suffit qu'il s'y mette une bonne fois.

Il y a la chasse, il n'y a pas qu'elle. Le golf se démocratise de plus en plus. L'homme moyen occidental s'y met à fond la caisse. Le golf exige de l'espace, de la variété dans le relief et de la régularité dans la tonte. D'où création d'emploi. Peut-être même au pluriel dans un climat favorable à la pousse accélérée des herbasses, comme voilà par exemple la Normandie.

Il y a aussi les zoos « en liberté » — les guillemets, là, sont des guillemets de dérision, ils signifient que vous devez lire les mots « en liberté » avec un ricanement de hautain mépris assaisonné d'une pincée de doute insultant, faites-moi plaisir, relisez la phrase en tenant compte de ces indications, merci — ousqu'on circule parmi les bêtes vivant en toute innocence leur vraie vie de bêtes — si si, je te jure, j'allongeais la main, je lui tirais la queue, au lion — à condition de ne pas ouvrir la fenêtre de la voiture, strictement interdit, à vos risques et périls, la direction décline, etc.

Il y a encore les parcs de loisirs, les plans d'eau pour planches à voile, les pistes en ciment pour ski de descente à roulettes, les ranchs vachement cowboy avec dadas, Indiens, attaque de la diligence et danse du scalp, les châteaux historiques avec Parc-aux-Cerfs et matelas à vagues Louis XV pour partouzes très chic, enfin, bon, je vais pas vous faire le catalogue détaillé, adressez-vous à votre Trigano habituel. Toutes ces activités culturelles nécessitent, bien sûr, l'implantation du minimum d'infrastructure et de circumstructure indispensable : parkings, hôtels, parkings, motels, parkings, campings, parkings, caravanings, parkings, restaurants, parkings, mac-do et merguez-frites, parkings, stations-service, parkings, garages, parkings, hôpitaux, parkings, supermarchés, parkings, garderies à merdeux encombrants, parkings, boutiques-souvenirs-artisanat local authentique à se pâmer devant, parkings, festivals de ceci-cela, parkings, des routes et autoroutes pour desservir tout cela, parkings, parkings, parkings...

*

Et alors, merde ? C'est chouette. C'est la civilisation des loisirs qu'arrive. On y a assez pleuré après, j'espère ! Qu'est-ce que t'as contre ?

Contre le loisir ? Oh, rien. Si le loisir, pour l'homme moyen occidental, n'était pas cette chienlit, cette orgie de gaspillage et de saccage, cette tonitruance, cette débauche de clinquant et de faux plaisirs, cette caricature. Ils ont bétonné la montagne et le littoral, les voilà qui vont cubifier l'intérieur.

J'exagère ? Je pousse au noir ? Viens voir le futur Disneyland dont ils sont si fiers, dont par avance ils se pourlèchent. Je ne sais plus combien de dizaines de milliers d'hectares sacrifiés pour ce Luna-Park et je vais pas m'amuser à aller vérifier, ça n'ajouterait rien à ma démonstration, contente-toi de savoir que c'est beaucoup, vraiment beaucoup, énorme, colossal, cosmique. De la belle terre à blé de la Brie, ce qu'il y a de plus beau au monde, je connais le coin, j'y ai traîné mes fesses pendant ma rieuse enfance. Sans compter l'épouvantable saccage alentour, en « infrastructure routière », comme dit mon cul technicien, sans compter les ravages dans les mentalités. Tout Seine-et-Marnais, Val-de-Marnais, Seine-Saint-Denisois et même Oisois échafaude des calculs fous sur la plus-value du pavillon. Tous se voient hôteliers, brocanteurs chic, ou au moins merguézistes.

Disneyland veut être le grand pôle aspirateur pour l'Europe entière, exclusivité garantie par contrat, l'Est parisien transformé en Pigalle pour merdeux — et parallèlement en Pigalle tout court pour papas de merdeux —, et ce n'est qu'un début ! Si l'expérience est concluante — pourquoi ne le serait-elle pas ? Monsieur Ducon s'emmerde, les petits Ducon aussi, Madame Ducon je vois pas pourquoi pas... — on multipliera la chose. On va lui faire cracher du flouze, à la vieille terre des ancêtres : une pincée de vieilles pierres son-et-lumière, dix tonnes de béton-néon-vermillon, les bons cons rappliquent avec leurs nikons à fabriquer des cartes postales plus dégueulasses que les vraies et avec en plus Maimaine au premier plan, horreur des horreurs.

J'ai pas une sympathie folle pour la Beauce, sinistre usine à blé que tous les Péguy du monde n'arriveront pas à me faire trouver autrement que sinistre, ni pour le Languedoc, océan de vigne sans horizon où mûrissent les quatre grammes d'alcool par litre de sang gaulois sans lesquels les finances de la France s'écroulent, mais enfin, j'y suis habitué, j'arrive à penser à autre chose, alors que l'énorme dégueulasserie du tourisme à outrance, je pourrai jamais.

Un pays qui n'a pour ressource principale que l'exploitation du tourisme est un pays foutu. Il semble bien que, tout en prétendant le contraire, la France sournoisement s'organise pour être ça : une espèce de Cuba d'avant Castro. Champagne, parfums, haute couture, petites femmes et « industrie » des loisirs. C'est exactement ce que voulait en faire Hitler. J'espère qu'il aura sa statue à Disneyland.

(Juillet 1987.)

FLEURY MICHON
Y'A MÊME UN CORNICHON POUR MON SANDWICH !
cabu

De Tchernoland en Disneybyl

Je ne sais pas si cet article sera publié. Sincèrement, j'en doute. Ou alors, pas intégralement (auquel cas, ça chaufferait, Burgunder : tu prends ou tu laisses, mais tu ne coupes pas). Enfin, bon, faisons comme si. On verra bien.

Ce papier est la suite et le prolongement du précédent. Qui remonte à avant les vacances. Vous vous souvenez peut-être? Je n'y étais pas gai. Je le suis encore moins. Écolos résolus, vous voilà prévenus. Il est encore temps de tourner la page.

Le combat écologique est foutu. Même pas : il n'y a pas, il n'y a plus de combat écologique. Y en a-t-il seulement jamais eu un? Sérieusement? En tout cas, la société de consommation a gagné. De façon écrasante. La publicité, la truie immonde, tonitrue ses séductions lourdasses et pervertit nos mômes à peine sont-ils nés. Les Tchernobyl n'empêchent en rien les Nogent-sur-Seine. Les pays pauvres entrent d'enthousiasme dans le jeu de la concurrence forcenée, sautent du Moyen Âge miséreux à l'esclavage capitaliste (privé ou d'État), travaillent seize heures par jour pour des salaires ridicules, inondent les marchés et en chassent à coups de pied dans le cul les industriels « occidentaux ». Hong Kong, Taiwan, la Corée, Singapour... poussent l'économie mondiale au gouffre. Ces nabots! Que sera-ce quand, comme dit l'autre, « la Chine s'éveillera » pour de bon?

Aucun des jeunes pays nouvellement nés à l'indépendance n'a pour idéal un mode de vie où l'homme vivrait en harmonie avec son environnement, ou même, simplement, lui accorderait un minimum d'attention. Tout au contraire, ils veulent tous (quand ils en ont les moyens) faire « moderne », imiter les Occidentaux, supprimer forêts, landes, steppes et marécages pour étaler le béton, faire surgir les tours, les usines et les flamboiements publicitaires, ces signes éclatants qu'on n'est pas des sauvages ni des sous-développés mais des consommateurs (et donc des producteurs) à part entière.

Aucun peuple, aucun gouvernement n'a eu le culot de dire « Merde! » à la course aux marchés (pas plus qu'à celle aux armements!). D'ailleurs, l'auraient-ils pu? Le « progrès » — ce qu'ils appellent comme ça, et que je mets entre guillemets — est une machinerie implacable, tout s'y tient, rien n'y échappe. Au besoin par les armes, dernier argument de la concurrence. Les Afghans en savent quelque chose. (N'allez pas me faire dire que je rêve du temps où ces montagnards confits dans la crasse, la misère, l'ignorance et la bigoterie crevaient tranquillement à trente ans, la tripe pleine d'amibes, les rares, je veux dire, qui n'étaient pas crevés tout de suite après être nés! Je trouve seulement qu'il doit exister d'autres moyens de leur faire comprendre l'hygiène qu'à coups d'obus dans la gueule.)

Je m'égare. C'est la rage. Faites pas attention. La France, vous disais-je la dernière fois, a choisi. Elle baisse les bras. Elle a compris que, ni en agriculture, ni en produits industriels, elle ne fait le poids. Oh, elle ne l'avoue pas! Elle fait semblant de se battre crânement. C'est que le plouc et le prolo, si vous les désespérez brutalement, ça devient méchant, hé là! Alors, la France, elle subventionne, elle allocationne, elle déplore, elle encourage, elle stimule... Elle fait semblant. En vrai, elle a choisi. Il y a un créneau, il sera au premier qui l'aura pris, qui se sera équipé : les loisirs. La France a choisi d'être un parc de loisirs.

La France a choisi d'être le Las Vegas de l'Europe. Euro-Disneyland en sera la première pierre.

Euro-Disneyland se veut colossal. Il sera imité. Autour de lui fleuriront les ersatz, comme les poussins autour de la mère poule. Que dis-je, « fleuriront » ? Ils ont déjà fleuri ! Il existe plus de cent parcs de ce genre, en moins grandiose, bien sûr, éparpillés sur le territoire... Imagine-t-on ce que représente, en « infrastructures annexes », un Disneyland tel qu'ils se le veulent? Parkings, gares routières, hôtels, motels... ? Et toute la végétation parasite qui viendra se coller dessus comme les algues sur les huîtres : bordels, boîtes, casinos, etc. C'est-à-dire l'eau sale où nagent les mafias... Drogue, prostitution, toute la lyre... La France a choisi d'être un Luna-Park. C'est ce qu'était le Cuba d'avant Castro pour les Américains. La France veut être le Cuba de l'Europe.

Oui. Je suis là que je m'excite et que je ratiocine. Disneyland est un exemple, il y en a d'autres... Mais qui propose de lutter, quel parti politique a, sérieusement, inscrit dans son programme la défense du, comme ils disent, « cadre de vie » ? (Il s'agit bien du cadre! C'est la vie, oui, la vie tout entière!)... Eh, oui. Alors que le chômage gagne, que les lendemains sont de plus en plus incertains, que la guerre, peut-être...

L'écologie est réduite à n'être plus qu'un baroud d'honneur pour les anciens, nostalgiques des grandes manifs d'antan, ou l'illusion de « faire quelque chose » (pour les baleines, les bébés-phoques, la forêt amazonienne, les marronniers de nos avenues...), ou le souci de « manger sain » pour prolonger sa petite vie merdeuse de quelques tristes années... Dans tous les cas, un refuge. Autant dire un empêche-de-penser. Une religion.

Tu te rends compte! Ils se prennent pour des écolos, les ex-babas qui élèvent des chèvres au fin fond des Causses, et qui en bavent, et qui sont heureux parce qu'ils respirent le bon air, se donnent de l'exercice, ont l'esprit purifié des miasmes et vivent comme vivaient ces rudes et naïfs paysans d'autrefois si proches de la « nature » et de la vraie vérité, « celle du cœur »! Et le chevreau nouveau-né, ils le vendent au boucher, pour voler le lait de la chèvre qu'ils revendent... à qui? Aux margoulins du roquefort industriel! C'est Trianon! Ils ont des cals aux pognes et méprisent la télé, mais c'est Trianon! Marie-Antoinette sans les dentelles! Ils ne se rendent pas compte qu'ils sont tolérés par la société-crocodile, tant qu'elle n'a pas besoin de leurs Causses ni de leurs Cévennes! Mais qu'un margoulin des loisirs de confection voie une affaire juteuse à monter dans leurs déserts, tu verras si qu'ils pèseront lourd, si qu'on les laissera faire joujou avec leurs ché-chèvres sur leur petit tas de sable!

L'écologie, c'est pas s'arranger un petit oasis de verdure dans un coin de l'atelier des carrosseries... C'est pas non plus se cultiver amoureusement ses petites tomates sans engrais chimique, acheter scrupuleusement du riz « bio », manger du veau « garanti élevé sous la mère » (salauds!) et passer sa vie à traquer le colorant ou à peser les vitamines... pour crever sur l'autoroute! (J'en profite pour rappeler que les produits « bio » triés sur le volet représentent une affaire juteuse, il y a une clientèle, il y a

pas davantage de son innocuité, et n'avait nulle envie de l'être. La grande controverse EDF-Écologistes, il s'en foutait, le menu peuple. Tout simplement. Il a une tendance formidable à s'en foutre, le menu peuple, et pas seulement du nucléaire. Tchernobyl et tous les accidents moins énormes mais quasi quotidiens qui, lentement mais sûrement, disséminent par le vaste monde les radioactivités génératrices de cancers et d'autres saloperies n'éveillent pas la préoccupation des masses. Bien moins que les fluctuations de la Bourse, en tout cas. Les zautorités compétentes, après chaque épisode un peu voyant, encadrent leur bonne trogne au bon sourire de bon salaud irresponsable dans la petite fenêtre magique et répètent le même discours rassurant, ce n'est qu'une bavure, nous avons la situation bien en main,

aucune raison que ça se reproduise, c'est même par un hasard inouï, absolument inconcevable, que ça s'est produit... Ils le disent à chaque marée noire, ils l'ont dit pour Tchernobyl, ils l'ont dit pour Seveso, ils l'ont dit pour les fûts de dioxine, ils viennent de le dire pour Nantes...

Quand même, ça commençait à devenir monotone. Le téléspectateur ne s'indignait pas, oh non, rien à craindre, le téléspectateur bouffe ou digère, mâche par la bouche et par les yeux du même mouvement de mâchoire, rote un coup et va se coucher. S'indigner? Et la digestion? S'indigner, pas de danger, mais s'ennuyer, il peut encore, parfois. Et changer de chaîne. Mauvais, ça. Alors, on lui varie le discours. Il y a des gars payés pour ça. Cher, je pense. Des gars qui ont étudié la psychologie, ces choses. Récemment, ils ont trouvé ça : « Nous sommes dans une société à risques. »

J'ai entendu un ministre le dire, à propos de la grosse merde de Nantes, tout faraud, comme s'il avait trouvé ça lui-même. J'ai d'ailleurs cru qu'il l'avait trouvé, je me suis écrié dans le dedans de moi, sidéré devant tant de crapulerie tranquille, « L'enculé! ». Je suis très libre de langage avec moi-même. Et puis, sur une autre chaîne, j'ai entendu un pompier, un gros, un galonné, dire, à propos de la même péripétie, exactement la même chose, exactement. Les mêmes mots. Je vous jure.

J'ai donc compris que c'était la toute dernière trouvaille des gars payés pour ça. On n'a pas fini de nous la servir.

« Société à risques »... Sublime. Tout simplement sublime. Posez-le sur la table devant vous et contemplez-le. Vous êtes fasciné. Eh, oui. J'aimerais entendre un irradié de Tchernobyl me dire, avec le même bon sourire que le monsieur dans le poste, juste avant de crever, en tordant un peu la bouche pour parler à cause de son cancer de la face :

— Que voulez-vous, nous sommes dans une société à risques ! Faut savoir ce qu'on veut : le nucléaire ou la bougie. La bougie, moi ? Jamais !

J'ai appris avec satisfaction, par ce même ministre résolument progressiste, qu'une enquête est en cours afin de déterminer si les normes de sécurité obligatoires ont été respectées.

Ah, bon ? Parce qu'une enquête est nécessaire pour savoir ça ? Les « normes » de sécurité ne sont donc pas soumises à vérifications périodiques de la part des autorités compétentes, avec délivrance de certificats de conformité ou de je ne sais quel papier officiel prévu pour ça et enregistrement de la chose dans les archives de l'administration ? Il faut vraiment qu'il y ait catastrophe pour qu'une enquête détermine (ou ne détermine pas) si l'usine était en règle ? Comme si on attendait qu'un piéton ait été tué pour que l'enquête détermine si le chauffard avait un permis de conduire, ou que ton chien ait rendu le facteur enragé pour exiger son certificat de vaccination...

Mais la Loire n'est pas polluée ! Ouf... Enfin, pas plus polluée qu'avant, ou si peu que rien. Ouf, quand même ! Les sociétés de pêcheurs à la ligne défroncent lentement leurs noirs sourcils. C'est que ça n'allait pas se passer comme ça ! Des militants de la gaule assassine ont scruté les eaux sales de l'estuaire, ont dénombré les cadavres de poissons au mètre carré. À peine plus que d'habitude. Ouf, encore ! N'empêche, ça a failli chier. Foutez tout en l'air, faites crever les mômes, les vieux, les arbres, mais, nom de guieu, touchez pas au poisson ! Ni au gibier ! Les tueurs du dimanche ne se laissent pas faire, eux ! D'ailleurs, ils ne se grattent pas pour le dire : « C'est nous autres qu'on est les vrais amis de la nature. »

Ça me rappelle l'autre emplumé, il y a de ça un ou deux dimanches, qu'expliquait dans le poste que seuls les matadors aimaient vraiment les taureaux. « Car pour tuer dignement le taureau, il faut le comprendre et l'aimer. » Enfoiré d'enviandé avec tes paradoxes à deux ronds! Assassin parfumé! Habit de lumière égale SS!... Si les nazis avaient gagné la guerre, sûr qu'il y aurait un poète inspiré pour démontrer que seuls les SS avaient su comprendre et aimer les Juifs. Peut-être même ce poète existe-t-il et n'attend-il que l'occasion pour nous chanter ça?

Mais la défense des animaux en général et l'abomination des corridas en particulier ont-elles bien leur place dans un journal écologique?

(Novembre 1987.)

Le crocodile et les mégatonnes

En fait, cet article n'aurait pas dû être écrit. Et puis, Burgunder m'a tellement tanné, « Tu ne peux pas t'en aller comme ça, faut au moins que tu t'expliques avant, que tu nous dises un peu pourquoi ». Non, je n'en voyais pas la nécessité. Je ne la vois toujours pas. Pourquoi imprimer des choses désagréables ? Mon désespoir ne regarde que moi, mon pessimisme aussi, puisqu'ils ne peuvent servir à rien, qu'à démolir l'illusion chez tous ceux qu'elle aide à supporter la vie, tous ceux qui croient que si ça va mal c'est qu'on s'y prend mal et qu'avec l'effort, l'opiniâtreté et la foi en une juste cause on peut arriver à infléchir le cours calamiteux des événements vers quelque chose de moins moche, ne serait-ce qu'un petit peu.

« T'as pas la pêche, me dit Burgunder. Ça te passera. En attendant, si t'as envie de râler, de chialer, de nous chier dessus, vas-y, mais ne nous laisse pas tomber. » Me voilà grand-père gâteux, salissant ses couches, à qui on passe tous ses caprices pourvu qu'il donne signe de vie... Et comme je ne sais pas dire non quatre fois de suite... Bon. Voici le papier.

Je ne crois pas à l'écologie. À ce qu'on appelle l'écologie. C'est-à-dire à la possibilité d'établir une société humaine dans laquelle ce qu'on appelle la

— Six chaines... et une seule planète !

nature, l'environnement, la vie sauvage, les espaces verts, ou même simplement une vie pas trop moche pour l'ensemble des hommes serait prioritaire.

L'illusion écologique est un consolationnisme, comme tous les systèmes fondés sur la donnée de base que l'homme veut avant tout vivre heureux dans un monde heureux et harmonieux. C'est le principe, proclamé ou allant de soi, de toutes les utopies sociales, que ce soient les innombrables variétés du socialisme, de l'anarchie, du communisme... De l'écologie. Toutes entrevoient les lendemains radieux dans un avenir à portée de la main, il suffit d'en mettre un bon coup, par la révolution ou par l'éducation des masses, pour que le bon sens et l'altruisme prennent enfin les commandes.

Ce ne sont que des aide-à-vivre, des, comme je disais, consolationnismes, des, si vous préférez, euphorisants, qui, d'abord, rejettent le pessimisme insupportable et le remplacent par l'agréable espoir, ensuite placent cet espoir au bout d'un effort à accomplir, c'est-à-dire débouchent sur l'action. Espoir et action, c'est tout ce que demandent nos petites machineries intimes pour tuer l'angoisse ou, du moins, l'oublier. Toute utopie, tout système « généreux » a pour but — non avoué, mais bien réel — de faire oublier l'angoisse dite « existentielle » à ceux dont le psychisme n'est pas puissamment polarisé sur cette autre illusion : l'ambition personnelle, le désir de « réussir sa vie », dans quelque domaine que ce soit et quelles que soient les motivations intimes, qui ne sont que des justifications modulées par le hasard (hasard de la distribution des gènes ou hasards des circonstances de la vie...). Dévouement, vengeance, arrivisme, volonté de puissance, art, cupidité, ascétisme pieux... ceux que l'une ou l'autre de ces passions anime n'ont pas besoin de consolationnisme. Leur drogue apaisante-stimulante, ils la sécrètent eux-mêmes.

L'écologie, comme toutes les utopies sociales, est une religion. Une religion sans dieu, mais une religion n'a pas forcément besoin d'un dieu. La foi suffit. Et aussi le dogme.

L'« homme » — je veux dire je, tu, il, nous tous — croit vouloir le bonheur. Il croit cela parce qu'il ne l'a pas. Il en rêve comme l'assoiffé rêve d'oasis. Il se connaît fort mal lui-même. En fait, ce qu'il veut, peut-être pas consciemment, mais en tout cas ce qu'il recherche, ce vers quoi toute sa conduite tend éperdument, c'est exactement le contraire. Il veut risquer et vaincre, il veut avoir peur et dominer sa peur, il veut être mieux que son voisin ou avoir plus que lui, il veut être le premier, il veut dominer, il veut séduire, il veut, en un mot, non pas une vie harmonieuse, mais une vie excitante, passionnante. Il croit vouloir le bonheur mais il veut l'aventure qui, se raconte-t-il, débouchera sur le bonheur. Il se raconte des histoires.

Et tous ceux qui se sont terriblement battus, quel qu'ait été leur combat, croyaient se battre pour l'après, pour la victoire et ses fruits. Ils ne savaient pas, ils ne voulaient pas savoir, qu'ils se battaient pour se battre. Pour le combat. Les Guynemer et les Robespierre, les Napoléon et les Jeanne d'Arc, les Vincent de Paul et les Hitler, les conquérants et les martyrs... Leur moteur est leur tempérament même, leur bilan caractériel, leur dévorant besoin d'activité ou de dévouement. La « cause » n'est qu'affaire de circonstances. Ils se seraient tout aussi bien battus ou sacrifiés pour n'importe quoi d'autre, et avec la même conviction.

Laissons de côté la morale, voulez-vous. Aucun interdit moral n'a jamais empêché les marchands de béton de transformer le littoral en hideux parc d'attractions pour débiles adultes, de faire des cours d'eau, des lacs, de l'océan même, des poubelles croupissantes pour les rejets empoisonnés ou radioactifs de l'industrie, de tout ravager à la moindre guerre, d'exterminer à la chasse ou de torturer en batteries industrielles les vies animales pour faire joujou ou pour gagner davantage de fric... « Tout le monde n'est pas comme ça ! » Peut-être, mais le monde est fait par ceux qui sont « comme ça » !

*

On nous plonge, tout enfant, dans un univers rose et bleu, plein de Bambis adorables, de souris mutines, de chaumières ravissantes, de forêts, de fleurs, de ruisseaux... On arrive à imprimer dans nos inconscients la notion que là est la vraie vie, au sein de la « Nature », dans l'air pur des montagnes, près du torrent bondissant et des moutons mignons. Cultivons notre jardin. Là est la vraie vie, là est le réel. Et la vie aura beau nous projeter en pleine gueule, jour après jour, son vrai visage, qui est béton-métro-boulot-supermarché-factures-remonte-pente et monceaux d'ordures, elle aura beau, elle aura beau, nous subirons cela comme du non-réel, du pas vrai, de l'anormal... Au mieux, si nous prenons conscience du décalage, nous l'attribuerons à une erreur, due à la connerie ou à la cupidité d'on ne sait trop qui, des « autres » en tout cas...

Et toute notre vie nous trimbalons au profond de nous cette nostalgie de l'Éden, et nous vivons la morne horreur quotidienne comme un ratage qu'on pourrait facilement corriger... Nostalgie formidablement exploitée par les spécialistes de la publicité, ces violeurs au service des margoulins (« L'eau pure des montagnes... ») qui, pour vendre n'importe quelle saleté, nous projettent des images de cimes étincelantes, d'eaux bondissantes, de verdure, de fleurs, de gentilles bébêtes, d'océan, d'espace bleu... Exploitée aussi par les Rika Zaraï, les industriels des vacances de masse et ceux de l'alimentation « naturelle »...

La « nature »? En vérité, on s'en fout, on s'en est toujours foutu. Simplement, jusqu'ici, on n'avait pas les moyens de la détruire. On ne la tolère que comme décor joli autour de nos week-ends préfabriqués. Mais aucun industriel n'hésitera jamais, s'il le peut, à sacrifier la terre entière, ses océans et ses forêts, pour rogner un peu plus sur son prix de revient. Cela, oui, c'est humain. Encore une fois, laissons tomber le jugement moral, qui n'a jamais rien empêché. J'ai vu l'autre jour, à la télé (vous l'avez vu aussi, je pense), ce reportage, assuré au péril de la vie du reporter, où l'on voyait la population entière, enfants compris, de je ne sais plus laquelle des îles Féroé, traquer puis massacrer joyeusement les dauphins. Tous ces braves gens sans malice, qui attendaient au long de l'année le retour du jour merveilleux de la grande fête du massacre des dauphins...

Tous gens nantis, hautement civilisés (des Danois!), sportivement équipés, munis de bateaux et d'armes super-« sophistiquées » (puisque c'est comme ça qu'on cause), apportant à la tuerie un acharnement à écœurer un tueur d'abattoir. Ils prélevaient au couteau des quartiers de barbaque déchiquetés à la diable, et puis laissaient pourrir sur place la quasi-totalité du monceau de cadavres ruisselants de sang. Des centaines, peut-être des milliers de bêtes inoffensives et confiantes. La tradition! C'est sacré, la tradition! Sans doute ces braves gens ont-ils des chats, des chiens, qu'ils adorent et auxquels leurs enfants mettent des rubans... Nous ne sommes pas cruels, nous sommes cons! Si cons... Et c'est de ça que nous crevons. Et contre cela il n'y a rien à faire.

Il est désormais évident que, prise dans son ensemble, une société humaine est vouée à la dissolution en tant que société (« Civilisations, maintenant vous savez que vous êtes mortelles! ») et, depuis qu'elle en a les moyens techniques, à l'auto-extinction en tant qu'espèce, par guerre, pollution, surpopulation, fanatisme religieux ou politique... Bref, par connerie. L'évolution du psychisme profond n'ayant pas suivi celle de l'activité cérébrale consciente, le progrès technique n'est qu'un outil formidable entre les mains de bestiaux dont les motivations instinctives profondes (celles qui nous font vraiment agir) sont exactement les mêmes que celles d'un crocodile. L'intelligence ne fait que fournir servilement des armes et des arguments à l'instinct, alors qu'elle devrait avoir pris les commandes.

Les cons ne mènent pas le monde, mais pour mener le monde il faut plaire aux cons. C'est pourquoi tout est fait ici-bas pour eux, c'est pourquoi quiconque ne l'est pas tout à fait se sent en exil chez les crétins, et s'indigne, et pleure, et pisse le sang. Et s'emmerde. Oh, nom de dieu, ce qu'il s'emmerde...!

P.-S. Si vous avez lu jusqu'au bout, peut-être serez-vous parvenus à la conclusion que la seule chose à faire est de courir se pendre? N'en faites rien! La nouvelle loi sur l'incitation au suicide m'enverrait aussitôt aux galères. Or, je préfère rester dehors pour voir comment tout ça finira. Curiosité morbide, oh oui, que voulez-vous, on n'a que le plaisir qu'on se donne.

(Janvier 1988.)

– L'important, c'est de ne pas se désister au 2e tour...

Waechter n'est pas Coluche, hélas...

Antoine Waechter, leader écologiste, pose sa candidature à l'Élysée.

Mais, ma parole, il y croit ! Il s'y croit ! Il ne rigole pas ! Il ne fait pas le clin d'œil ! Ce n'est pas un Coluche, lui, ni une Arlette Laguillier, oh, non ! Il ne va pas au charbon pour amuser la galerie, pour faire coucou dans le poste, bonjour maman, bonjour papa, pour profiter de l'occase afin de nous faire savoir, à nous autres bons ploucs de l'Hexagone, que le petit Waechter existe, et qu'existe aussi un mouvement écologiste bien vivant, qui a quelque chose à dire et vient nous le dire par sa voix à lui, Waechter Antoine, et aussi nous rappeler, à nous autres pauvres ploucs, ensevelis sous le béton et tout pustuleux de pollution, ce que nous devons exiger de chaque candidat à la Présidence s'il veut que nous lui donnions notre voix au second tour.

Pas du tout. Waechter se comporte comme un qui veut être élu et qui a sa chance, comme n'importe quel Chirac, n'importe quel Barre... Il fait le démago en bretelles et manches de chemise, pas fier avec l'ouvrier, accordéon et tout le folklore... L'écologie ? L'environnement ? Oui, bien sûr, puisque ce fut son chausse-pied pour s'introduire dans le godillot où ça se passe, mais bon, faut pas pousser. Vu l'allure des choses, l'écologie est forcément alarmiste, elle ne parle que de choses tristes, ça démoralise l'électeur... Marées noires et pluies acides, veau aux hormones, ozone qui se fait la paire, fissures dans le nucléaire, angoisse concentrationnaire du H.L.M... Allez donc asseoir une campagne là-dessus !

Tu parles de thèmes épanouissants ! L'électeur veut du sourire, de la cravate dénouée — pas « pas de cravate », attention : de la cravate, mais dénouée, comme quand tu joues un peu au ballon avec le môme en rentrant du bureau, c'est de la psychologie — du gâteau d'anniversaire et, sinon la promesse de lendemains qui chantent (ça ne marche plus, ça), du moins la vision d'un père tranquille qui prend ce qu'il y a de bon à prendre dans nos petits aujourd'hui merdeux.

Écolos, vous l'avez dans le cul. Votre porte-parole, votre héraut, a oublié le message en route. Il s'est pris la grosse tête, il est candidat-à-l'Élysée-comme-les-autres.

Mais, dites voir, qui donc l'a mis là ? Qui a désigné ce guignol ? Quelle instance nationale, quel vote, après quels débats ? D'où sort-il, ce Waechter ? Ce tapir qui a tellement peur d'effrayer l'électeur moyen en lui parlant trop d'écologie qu'il ne lui en parle pas du tout ?... Vous connaissez la meilleure ? J'ai signé la liste de soutien ! Voui, voui. On me tannait pour que je soutienne. Moi, du moment que c'est les écolos, je signe. Allez, les Verts ! Si j'aurais su, hein... Cabu aussi s'est fait avoir, ça me console un peu.

J'ai des excuses. Apprenant qu'il allait y avoir un candidat des Verts, je me suis dit : « Enfin ! il y aura, dans cette campagne, une voix qui fera entendre autre chose que les éternels ronrons irresponsables et promesses invérifiables, autre chose que les ergotages sur les chiffres du chômage, sur ceux de l'inflation et du commerce extérieur », une voix qui osera dire : « Halte au troisième enfant ! Suppression des allocations après le deuxième moutard, amende à partir du quatrième ! », une voix qui parlera des vrais problèmes, ou plutôt DU vrai problème, car il n'y en a qu'un, dont les autres ne sont que les conséquences : celui de savoir où va cette civilisation de merde, cette imbécile et suicidaire « société de consommation » qui ne s'est pas arrangée depuis mai 68, même s'il n'est plus à la mode d'en parler.

La S.P.A. et les autres groupements de défense des animaux ont l'intention, me suis-je laissé dire, de demander à chaque candidat, quelle que soit sa couleur politique, de dire clairement ce qu'il compte faire au sujet des corridas, du massacre des palombes, de l'élevage en batterie, de la façon de traiter les animaux destinés à la boucherie et de quelques autres chefs-d'œuvre de la saloperie ordinaire. Voilà qui me semble bien avisé. La défense des animaux est un aspect local de la défense de la nature et de ce que Monsieur Ducon appelle « l'environnement » (manière bien révélatrice de réduire l'Univers et ses habitants à un décor autour de l'Homme majuscule et de ses petites activités). Pourquoi n'en avoir pas fait autant ? Parce que les écolos français se prennent pour des Verts allemands et se voient en troisième force politique capable de renverser les majorités ? Ben, mon vieux...

Waechter, Waechter, il n'est pas trop tard. Cesse de faire le gentil, le bon gros. Tu ne seras jamais Président, et tant mieux pour toi. Tu es là pour deux choses : pour que tous ceux qui veulent une association harmonieuse homme-nature puissent se compter et prendre conscience de leur force, et puis pour gueuler. Alors, gueule, Waechter, gueule! Secoue-leur le cul! Pose-leur les bonnes questions et force-les à y répondre! Harcèle, Waechter, mords, fulmine, DÉRANGE! Tu as encore plus de deux mois devant toi, tu peux faire du bon boulot. Ne sois pas plus timide que ne l'avait été Coluche il y a sept ans. Gueule, rue, piaffe, fais-les chier! Sois notre colère, sois notre révolte!

Ou alors je croirai que tu n'es vraiment que ce que tu as l'air d'être : un petit cornichon ambitieux qui a choisi la plate-forme « écologie » pour se faufiler dans la politique.

C'est pas vrai? Alors, prouve-nous le contraire.

(Mars 1988.)

Un enfant-chien + un ourson + des Kurdes = ?

Un gosse privé de soins, cloîtré par ses parents, pratiquement abandonné, a pour seule compagnie une chienne qui l'adopte, en fait son chiot, le protège, le garde et le réchauffe pendant des années. L'enfant survit, blotti contre le ventre de la chienne, ne connaît qu'elle au monde, marche à quatre pattes, mord, aboie et gronde, il a bien profité de son éducation de chiot. On finit par découvrir la tanière et ce qu'elle contient. La justice s'émeut, la pitié publique aussi, la presse à sensation saute sur l'aubaine, la science dit : « Hé là ! Un enfant-chien égale : acquisition des réflexes, apprentissage du langage, développement du cerveau, mimétisme du comportement, évolution des cordes vocales, métamorphose des canines en crocs, apparition ou non de la queue, le nez précéda-t-il la truffe ou bien l'inverse, l'inné mettra-t-il l'acquis K.-O. ou bien le contraire... C'est pour moi, ça, c'est mon affaire. Bas les pattes, ignares ! Par ici, le bébé-garou ! » Ainsi parla la science.

On a mis l'enfant dans une chambre que j'imagine ripolinée de blanc, on l'a couché dans un lit probablement aseptique, élastique et muni de roulettes, ce contre quoi je n'ai l'intention d'élever aucune

WAECHTER
les verts
J'AI MES 5% ASSURÉS !
CENTRALE NUC
DE NOGENT S/S
cabu
MOI, JE M'EN FOUS ! JE PARS EN CORRÈZE !
MOI, JE M'EN FOUS, DU MOMENT QUE ÇA PÈTE FRANÇAIS !
MOI, JE ME TIRE À LATCHE !
MOI, JE DEMANDE L'ASILE POLITIQUE À L'AFRIQUE DU SUD !
MOI, JE ME BARRE À LYON !
MOI, JE PROPOSE UN RÉFÉRENDUM !

objection. On l'a lavé, torché, tondu, épouillé, vêtu de lin candide et nourri de choses diététiques, actes qui ne sauraient, de ma part, que susciter louanges et applaudissements. On lui a donné des câlins et un nounours, on lui a fait « Guili-guili », on lui a chanté des berceuses, on l'a promené, on lui a montré à faire caca ailleurs que n'importe où, on l'a ausculté, testé, sondé, radiographié, passé au scanner, au radar, au laser, au truc à échos, on a mesuré son âge mental au centimètre près et évalué l'épaisseur du cal de ses genoux... Il se tassait en boule dans l'angle du lit, ne riait pas, ne souriait pas, grondait quand il avait trop peur, aboyait pour appeler la chienne, sa mère.

Car, oui, on avait pensé à tout pour sauver ce petit d'homme, à tout sauf à ceci : ne pas le séparer de sa mère-chienne. Qu'en avait-on fait, de la chienne ? Je ne sais pas, je n'ai lu que le début de l'histoire, j'avais trouvé le journal dans le métro. Vous qui avez des habitudes régulières, vous savez, sûrement. Bon, admettons même que, sous la pression conjuguée des amis des bêtes et de ceux des enfants, on les ait enfin réunis, ce qui me retirerait un gros poids de sur l'estomac. Admettons. Il n'en reste pas moins que le premier mouvement a été, tout naturellement et sans problème, de les séparer. Faut être con, non ?

*

Ça, on me l'a raconté. On l'avait lu, bien sûr. Un ourson naît dans un zoo, je ne sais plus où et peu importe. Il n'y a, paraît-il, plus de place dans ce zoo surpeuplé. Simple : on tue l'ourson. Utile et agréable : le personnel du zoo le mange. Amusant : « Ils n'ont pas vendu la peau de l'ours ! » commente finement le commentateur.

*

Les Kurdes, montagnards turbulents, profitent de la guéguerre Iran-Irak pour bricoler dans leur coin une petite guérilla d'indépendance. L'Irak, leur mère patrie, leur balance aussitôt des gaz de combat dans les gencives, sans lésiner sur la quantité. Bilan effroyable. L'Irak, tout fier d'avoir maté ces indisciplinés, publie photos et films, et proclame que, quand il s'agit de l'ordre, seul le résultat compte.

*

Maintenant, je voudrais bien me rappeler où je voulais vous emmener, moi, avec mon enfant-clebs, mon méchoui d'ourson et mes Kurdes passés à l'insecticide... J'avais une idée, ça c'est sûr, mais voilà comme je suis... Il doit pourtant bien y avoir un point commun entre ces trois petites choses, un je ne sais quoi qui entraînerait une de ces étincelantes synthèses dont j'ai le secret... Ah, oui, tiens : l'indignation. C'est ça, le point commun. Ça que j'ai eu devant chacune des trois anecdotes. L'indignation. J'ai pensé « Les fumiers ! ». Peut-être même « Les enculés ! ». Sûrement, « enculés » : je me souviens, j'étais dans le métro, la dame aux belles longues jambes juste en face de moi a sursauté et ne m'a plus regardé de cet œil qui commençait à se faire de velours, ne m'a même plus regardé du tout. Ne vous écriez jamais « Les enculés ! » dans le métro devant la dame dont vous fascinent les cuisses devinées et dont vous cherchez à capter le regard.

L'indignation fut chez moi plus forte que la concupiscence, j'oubliai sur-le-champ la dame, ses jambes, ses cuisses et ses régions supérieures en altitude, je fus tout entier la proie d'un enchaînement d'idées se succédant devant l'écran de mon imaginaire à la vitesse du fameux cheval au galop de la baie du Mont-Saint-Michel, et cet enchaînement fut tel :

Comment des gens qui, pour un oui pour un non, balancent des gaz mortels sur toute une population et s'en vantent, pratiquent la « guerre des villes » à grands cris de victoire, dévorent l'ourson nouveau-né qu'ils sont chargés de protéger, massacrent les Amérindiens pour raser la forêt vierge, détruisent la couche d'ozone pour faire mousser la crème à raser, exterminent les baleines pour fabriquer du rouge à lèvres, construisent des centrales nucléaires en se foutant totalement des conséquences, déversent des millions de tonnes de poison dans le Rhin pas vu-pas pris, sont prêts à noyer l'humanité entière sous la drogue, l'alcool ou les gadgets inutiles si ça leur rapporte du fric, pratiquent l'élevage industriel « en batterie », chassent le lapin ou l'éléphant pour faire joujou, applaudissent les toréadors (je sais, on dit « torero » quand on est à la page, mais moi je dirai obstinément « toréador », parce que je leur crache à la gueule), meurent et assassinent en chantant pour la Patrie, pour Dieu ou pour la Cause, comment, dis-je, des gens pareils pourraient-ils avoir souci de la « nature », des petites fleurs, des bébêtes, de notre santé, de l'écologie et de toutes ces faridondaines ?

Mais ce ne sont pas les mêmes ! Si. Justement. Ce sont les mêmes. Avec leurs murs de béton dans le crâne. Même quand ils veulent bien faire, ils tuent. « Asta ! » aboyait l'enfant-chien. « Asta », c'est le nom de la chienne.

Espère un peu qu'une guerre un peu sérieuse pointe le nez. Tu les verras, les pétroliers géants, sauter comme des crêpes et puis tartiner leur noir mazout sur les océans[1] ! Tu les verras, les centrales

1. *On a vu! En janvier 91...*

géantes, éventrées par des bombes très classiques, éparpiller leurs neutrons dans le paysage! Tu les verras, les gaz de combat, les microbes militarisés, les virus au pas de l'oie, nous foudroyer, verdâtres!... L'Irak vient d'annoncer la règle du jeu : « Pour la bonne cause, tous les coups sont permis. »

Dis donc, il nous emmerde, ce mec, avec son catastrophisme lyrico-grand-guignol. Si on l'écoutait, on ferait jamais rien.

T'as raison. Allons sarcler les tomates.

(Avril 1988.)

Épitaphe pour poissons crevés

La Loire polluée. Tours privé d'eau potable, la France tenue en haleine. Heure par heure, bulletin de santé de l'eau. N'y touchez pas, poison mortel. Les jours passent... On peut se laver, mais pas la boire. Encore un peu de patience... Interviews quotidiennes des bonnes gens de par là, chargés de seaux et de jerricans, faisant la queue devant le camion-citerne des pompiers. Vues pittoresques de grosses dames trimbalant des brouettées de bouteilles d'Évian. Madame la directrice de l'école, monsieur le médecin-chef de l'hôpital, viennent au micro nous assurer que, dans leurs établissements, tout va bien, ils ont été prévoyants, ils ont fait des stocks, l'eau ne manquera pas pour nos chers enfants, pour nos chers malades... Interviews des pompiers, interviews des autorités, interviews du responsable du tourisme, interviews, interviews... Ce n'est qu'un mauvais moment à passer, aucun mort à déplorer, on recherche les responsabilités, les négligents seront punis.

Et les bêtes?... Quoi? Quelles bêtes? Ah, vous voulez dire les bestiaux? Oh, de ce côté-là, ça va, on a pris des mesures, pas de dégâts. Ce n'est pas comme l'industrie hôtelière, on ne peut pas mettre de l'Évian dans les chasses d'eau, n'est-ce pas...

contre les feux de forêts
DÉBROUSSAILLAGE OBLIGATOIRE !

Non, je disais les bêtes, les vraies, pas les machines à faire de la viande. Les poissons de la Loire, les oiseaux qui se nourrissent des poissons, tout ce petit monde... Je n'ai pas entendu un seul mot de pitié, pas vu une image de sympathie... On ne daignait s'intéresser à l'animal que lorsqu'il était cheptel, kilos de barbaque, litres de lait, douzaines d'œufs, tant pour cent de perte sèche. Oh, je suppose bien que les sociétés de Pêche et de Chasse ne vont pas laisser ça là... Ces assassins du dimanche ne permettent pas que d'autres qu'eux-mêmes assassinent. Ils ont payé pour le permis, payé pour l'équipement, ils ont des DROITS. Des droits de vie et de mort — pardon, de mort tout court — sur tout ce qui se permet de vivre et n'est pas machine à faire du fric. Ah, heureusement qu'on les a, les chasseurs, les pêcheurs à la ligne, pour la défendre, la Nature!

Oui, la colère m'égare, pour cette fois ce ne sont pas eux qui ont massacré, c'est l'imbécile cupidité d'un patron — on dit un « gestionnaire ». Le parfait égoïsme de l'homme civilisé moyen se manifeste dans toute sa flamboyante muflerie, dans toute sa souveraine crapulerie. La Loire polluée est une catastrophe. Pour qui? Pour l'hôtelier qui perd une semaine de location. Pour la mémère obligée de se laver le cul à l'Évian ou au Perrier (ça picote). Pour le pépère privé d'eau dans son pastis... Pas pour l'hécatombe de non-humains. Ceux-là, on s'en fout, on n'y pense même pas.

Cette planète où nous sommes est une planète d'hommes. Tout ce qui n'est pas humain n'a rien à y foutre. On le lui fit bien voir.

Et tant que l'écologie ne se souciera que des petits bobos, des petites trouilles, des petits conforts de l'homme sacro-saint, tant qu'elle ne sera que l'expression d'une recherche en vue d'assumer la confiscation de la planète par l'Homme en réduisant au minimum les inconvénients de la chose pour l'homme, elle sentira la vieille pisse, et moi, je serai le poisson de la Loire qui flotte sur le dos, la gueule ouverte, désespérément.

(Juillet 1988.)

Géranium et papier peint

« Environnement »... « Ministère de l'Environnement »... Quel aveu! Pourquoi pas « Ministère du Décor et du Papier Peint »? Comme on sent que, pour Eux, ceux du Pouvoir, tout ça n'est que bagatelles et géranium à la fenêtre! « Foutons-leur un Ministère de la verdure, puisqu'ils ont l'air d'y tenir, et passons aux choses sérieuses. »

Pourquoi est-il si difficile, en France tout au moins, de faire prendre conscience de ce qu'il ne s'agit pas que d'« environnement », c'est-à-dire d'accessoire, de superflu, mais bien de l'essentiel?

C'est un fait : en France, le mouvement écologique — peut-on même encore parler de « mouvement »? — n'est guère pris au sérieux. Les « écolos », c'est trois barbus qui élèvent des chèvres, par là, sur le Causse, des soixante-huitards indécrottables, des marginaux, quoi, comme on dit dans le poste. Et aussi quelques mémères à chien-chien et à petits oiseaux, une poignée de sensiblouillards qui pleurent sur les bébés-phoques, sur les éléphants, sur les espèces en voie de disparition... Essayez donc de leur faire entrer dans le crâne qu'il s'agit bel et bien de la survie de l'espèce, de la nôtre, puisque l'homme est la seule espèce qui compte pour l'homme...

– On s'en fout, on s'est entraînés dans notre fosse septique !

Si, de loin en loin, porté par les médias en peine de sensationnel, un cri d'alarme parvient à percer leur fabuleuse indifférence et leur procure un bref instant de chair de poule, bien vite ils ramènent la chose à des proportions rassurantes pour le petit confort intime : « Vous sonnez le tocsin pour l'ozone qui fout le camp, hier c'était la radioactivité, avant-hier les marées noires... Le Moyen Âge a connu la peste et le choléra, qui tuaient sûrement, en masse, et tout de suite... Les guerres et les famines sont la trame même de l'histoire de l'humanité... Pourtant l'humanité est toujours là, plus nombreuse, plus grouillante et en meilleure santé que jamais, et aujourd'hui elle traite l'hostile Nature en bourricot docile et bien dressé ! Donc, taisez-vous, prophètes de malheur ! Il y a toujours eu, à tous les âges, de noirs corbeaux pour crier à l'apocalypse imminente, ça n'a jamais empêché la terre de tourner ni l'humanité de marcher d'un pas gaillard vers le progrès, le confort et Disneyland dans chaque banlieue. »

Et voilà. L'écologie-catastrophisme, on n'en veut pas. Ça fait peur au gosse et hurler le chien. L'écologie-petites fleurs dans les bacs en ciment sur la place de la mairie, à la bonne heure! Un Ministère de l'Environnement, ça n'a pas été inventé pour foutre la panique, qu'est-ce que tu crois? Non, je ne vais pas « me farcir » Brice Lalonde et sa brillante prestation australienne où il a révélé aux indigènes des antipodes éblouis et charmés que la France éternelle fait don au monde de la découverte la plus bouleversante depuis l'invention du chausse-pied : la bombe H propre, celle qui tue sans salir... Non, je ne vais pas vous vomir ici ce que je pense de cet époustouflant numéro de jaquette réversible, j'espère bien, je suis sûr, que quelqu'un d'autre l'a fait, l'a hurlé, à la « une » de ce présent numéro d'*Écologie*.

*

Il est de bon ton de chier sur mai 68. Le néologisme « soixante-huitard » doit obligatoirement être suivi de l'épithète infamante « attardé ». On ne veut plus voir dans 68 que la chienlit folklo et irresponsable... On veut oublier — et on y arrive très bien — que là a commencé à se faire entendre le mot « écologie », que le propos initial du grand chambard fut la remise en cause de la société de consommation, la dénonciation du gaspillage des ressources, de l'injustice de leur répartition, du saccage de la planète, de sa flore, de sa faune...

Jusqu'à ce siècle, le gaspillage était l'apanage de

quelques nations de proie (dont la nôtre) vivant en parasites des ressources naturelles et du travail humain de l'immense majorité de la planète. Dans ces nations mêmes, il était l'apanage d'une caste restreinte d'individus. Aussi goinfres qu'aient pu être ces privilégiés, les dégâts, l'un dans l'autre, restaient limités. Même les guerres ne ravageaient que bien modestement et localement. Il n'en est plus de même.

Aujourd'hui, tout individu appartenant à la moitié favorisée de l'humanité consomme du superflu. Consomme SURTOUT du superflu. En consomme des masses. Vers le début du siècle, un hectare de terre arable, en moyenne, produisait le nécessaire d'un individu dit civilisé (céréales, viande, légumes, fruits, coton et laine pour les vêtements, fourrage pour les chevaux, etc.). Combien d'hectares sont nécessaires aujourd'hui ? (Il faut faire entrer dans le calcul les routes, résidences secondaires, espaces de loisirs, parkings, pistes de ski, etc., etc., ne pas oublier la fréquence de renouvellement de la garde-robe, qui se traduit en hectares de champs de coton, ni l'effroyable débauche de papier publicitaire, qui se traduit en hectares de forêts, ni...)

Or la civilisation de l'abondance et des loisirs (des loisirs-gadgets, des loisirs payants !) est encore bien loin de profiter à la totalité des êtres humains grouillant à la surface de cette sacrée boule. L'objectif, tant « humanitaire » que — surtout ! — commercial, est d'amener l'humanité entière à accéder au bonheur par la consommation. Et à faire tourner la machine. La machine à profit (pour quelques-uns). La machine à saccager (pour tous). La machine à polluer, la machine à supprimer tout ce qui n'est pas l'homme. Et à tuer l'homme, en fin de parcours. Le Progrès a une gueule d'appareil électro-ménager.

Une cuisine étincelante flottant sur un monceau d'ordures.

*

Que l'espèce humaine disparaisse, elle ne serait pas la première. C'est même le destin des espèces d'apparaître et de disparaître. Depuis que la vie gigote sur notre caillou, des millions d'espèces ont fait leur petit numéro puis ont regagné la coulisse. Rien que les tant fameux dinosaures, hein... Et même si l'Homme (majuscule !), avant de crever ou en crevant, réussissait à effacer toute trace de vie autour de lui, la planète Terre n'en continuerait pas moins à tourner, l'Univers ne porterait pas le deuil. Il n'y a que ceux — hélas, la quasi-totalité de la masse humaine... — qui croient que l'Homme est une créature à part, faite à l'image d'un Dieu, et donc investie d'une mission sacrée, gningningnin, qui peuvent se leurrer l'angoisse de l'idée optimiste que, quoi qu'il fasse, l'Homme ne PEUT pas subir le sort d'un vulgaire dinosaure ou d'une baleine.

Ne pas remplacer Dieu par la Nature. Attention à la tentation du finalisme caché dans les mots... Oui, on en reparlera une autre fois.

Évidemment, j'ai, comme tout un chacun, une tendance profonde à rêver de bucolique, de « bon vieux temps » (quoique, pour moi, ce serait plutôt Robinson dans son île que l'heureux village, ses veillées et son folklore), mais ça, ce n'est pas de l'écologie, c'en est la caricature. La rêverie-refuge.

Pourquoi n'essaierait-on pas de faire une espèce de « portrait idéal » de l'individu profitant au maximum des avantages de la science et des techniques en gaspillant le moins possible et en polluant le moins possible ? Faire le tri, en somme. Supprimer ou réduire les activités non indispensables et particulièrement dévastatrices.

— Et la liberté ?

Tu sais, la liberté de dégueulasser la terre et l'océan pour fabriquer des petits mickeys en plastique, moi, hein... Bon, c'est une idée. Ça pourrait être un thème pour des États Généraux de l'Écologie. Par exemple.

On n'y oublierait pas nos petits frères les bêtes, ça me ferait plaisir, ça. On parlerait du veau aux hormones en pensant au veau. Des bœufs en batterie en pensant aux bœufs... Des choses comme ça.

On peut rêver, non ?

(Septembre 1988.)

Un remède miracle : la jachère

Vous l'avez lu, je l'ai lu : l'Europe redécouvre les vertus de la jachère. C'est même décidé, on va inciter les exploitants agricoles à laisser inculte un tiers de leurs terres, à coups de subventions.

Ça vous a un petit air d'autrefois qui peut faire rêver l'écolo nostalgique des deux grands bœufs dans l'étable, des veillées au feu de bois et de la bourrée en sabots. Laisser reposer la terre, sagement, un an sur trois, comme faisaient nos grands-pères, au lieu de lui cravacher la fertilité à coups d'engrais chimiques... Les économistes distingués qui nous planifient l'économie jusqu'au dernier radis rose seraient-ils en train de devenir de bucoliques joueurs de pipeau ? Une âme de midinette se serait-elle épanouie dans un repli ignoré du circuit du grand Ordinateur ?

Bien sûr que non. Vous n'alliez pas croire ça, quand même ? Le grand Ordinateur, toujours aussi peu porté à la rigolade, a simplement fait son habituel boulot, et il a trouvé, au bout de ses petites additions, que l'Europe produit trop. Trop de blé, trop de maïs, trop de patates, trop de choux-fleurs, trop de viande, trop de beurre... Trop. Produire trop, c'est très grave. Très, très. Bien plus grave que ne pas

produire assez. Ne me demandez pas pourquoi, c'est comme ça. Nous allions à la catastrophe. Alors, bon, remède : produire moins. Exécution. Jachère. Un tiers de la production disparaît. Aussitôt, ce sera la prospérité. Ne me demandez pas pourquoi, demandez-le à ceux qui savent causer avec l'Ordinateur. Ils vous répondront maintien des prix, concurrence, tout ce qu'ils répondent quand on leur pose des questions idiotes. Et bon, quoi, on fait comme ça.

Naturellement, pas question de diminuer l'avalanche d'engrais chimiques. Ce serait criminel. Criminel pour la sécurité de l'emploi des travailleurs de cette industrie et pour la sécurité des bénéfices de ceux qui se donnent tant de mal pour la promouvoir. Vous ne manquerez sûrement pas de noter que diminuer la production d'un tiers, c'est aussi diminuer la quantité d'engrais nécessaire, et, par voie de conséquence, les bénéfices susmentionnés. Qu'à cela ne tienne, on inventera un engrais doux, beaucoup moins agressif pour la pauvre vieille terre (exactement un tiers moins « performant ») mais coûtant, cela va de soi, plus cher (exactement un tiers plus cher).

Vous aurez également remarqué (quand vous commencez à remarquer, plus moyen de vous arrêter) que cette mise en jachère, c'est-à-dire, pour le cultivateur, cette injonction à se croiser les bras au-dessus de la glèbe, est encouragée par des subventions. Des subventions qui compenseront le manque à gagner, c'est-à-dire ce qu'aurait rapporté la nourricière glèbe si on avait fait ce qu'il faut pour qu'il pousse dessus des choses qui se vendent. Alors, dites voir, si on paie les gens qui ont de la terre pour ne pas la cultiver, tant plus qu'ils en ont, de la terre, tant plus qu'ils touchent ? Si je me trompe, vous me le dites. Et donc le gros gros, mais alors là, vraiment gros propriétaire terrien, c'est-à-dire je ne sais quel « groupement agricole foncier », c'est-à-dire, en bout de circuit, je ne sais quelle banque que tentaculaire, va palper le gros gros pognon UNIQUEMENT PARCE QU'ELLE POSSÈDE DES HECTARES AU SOLEIL. C'est l'apothéose du capitalisme ! C'est si beau que Kafka ni Jarry n'auraient osé l'inventer ! On va donner du fric aux riches parce qu'ils sont riches, SANS MÊME QU'ILS AIENT À FAIRE TRAVAILLER LEUR CAPITAL !

Une minute de recueillement, je vous prie, pour admirer le grandiose de la chose.

Continuons notre promenade. Je vous ai dit, un jour, que la France, notre patrie, avait, discrètement, décidé de laisser tomber la compétition dans les domaines industriel et agricole, parce qu'elle n'arrive vraiment pas à lutter contre la concurrence, aussi bien en prix qu'en qualité. Je vous disais aussi qu'elle avait, sournoisement mais délibérément, opté pour les loisirs payants, c'est-à-dire pour être le lieu où ceux qui savent gagner de l'argent viendraient le foutre en l'air. Hitler voulait faire de la France le bordel de l'Europe régénérée, c'était un précurseur mais il s'est un peu hâté.

Que voyons-nous dans notre boule de cristal? Nous voyons, sur ces idylliques jachères, fleurir les Disneylands, leurs golfs, leurs parkings et leurs « aires de loisirs ». Nous voyons surgir les hôtels et les zoos, les supermags à souvenirs, les casinos, les hippodromes et les putes de tous sexes. Nous voyons un réseau d'autoroutes serré serré envelopper tout ça... Car pourquoi « faire tourner » les jachères? Les engrais, comme je vous disais, suppriment le repos triennal de la terre, et les engrais, faut qu'on les vende, non? Donc, on mettra en jachère une fois pour toutes les terres les moins commodes à exploiter, des malins les achèteront (très cher puisque c'est de la terre qui rapporte toute seule), les regrouperont, et y feront naître les jolis golfs avec autour de coquets cubes de béton à toit de chaume, des plans d'eau avec restaus quatre étoiles, des motels de passe avec tout ce qu'il faut pour l'amateur compliqué...

Et pendant ce temps-là, vous indignez-vous, deux tiers de la planète ne mangent pas assez, dont un tiers qui crève carrément de faim... Je savais que vous diriez ça. Écoutez voir. Ce blé, ce maïs, ces pommes de terre, ces choux-fleurs, ce lait, ce beurre, dont nous ne savons que faire, ces gens-là NE PEUVENT PAS LES PAYER. Vous ne pouvez quand même pas demander au producteur de travailler pour rien, non? Et même, en admettant... Qui paierait le transport ? Ah. Ensuite, une fois sur place, les potentats locaux confisquent et font du marché noir. Très immoral. D'ailleurs, n'importe qui d'un peu au courant vous le dira : « Ce qu'il faut à ces miséreux, c'est leur donner les moyens d'être à même de produire eux-mêmes leur nécessaire, et ne pas leur faire la charité. » C'est très justement pensé. Mais en attendant, ils crèvent, et nous, à l'autre bout, nous diminuons la production.

Oh, bien sûr, les choses ne sont pas aussi simplettes que ça. Entre le grain de blé européen et l'affamé du Sahel il y a un labyrinthe d'offre, de demande, de montants compensatoires, de micmacs en Bourse, de sécurité de l'emploi et de vacances aux Bahamas que, seul, l'Ordinateur sait débroussailler... Que suis-je, moi, pauvre cloche, pour oser restreindre le problème à des centaines de millions d'estomacs vides face à des centaines de millions de tonnes de nourriture qu'on s'interdit de produire ?

Une question : l'Ordinateur est-il chrétien ? Je ne sais pas. Mais ceux qui y introduisent les questions et en recueillent les réponses le sont, eux, chrétiens. Puisque tout le monde l'est, ou presque, ici. Et ils peuvent raisonner de cette façon ? Accepter ÇA ? Je suis bien content d'être athée, tiens !

Occidentaux, Occidentaux, gaffe à nos gueules ! Un jour, hélas, tous ces peuples jeunes, affamés, ignares et prolifiques nous tomberont dessus, ils n'auront rien à perdre, le premier meneur sublime à grande gueule nous les lâchera dessus, suffit d'un « idéal », d'une « grande cause », or ces marchandises-là n'ont jamais manqué.

(Janvier 1989.)

WAECHTER ! PRENDS MODÈLE SUR LES CORSES ! ÇA, C'EST DES ÉCOLOS !

L'oxygène n'a pas de frontières

La terre est une planète singulière. Elle est entourée d'un matelas gazeux qu'on se plaît à nommer « atmosphère », c'est un joli nom, bien que tiré — par les cheveux — du grec. Elle n'est pas la seule, c'est vrai, ce n'est donc pas en cela que réside sa singularité. Les atmosphères, c'est pas ce qui manque, et c'est très varié. Il y en a de méthane, il y en a d'anhydride sulfurique, il y en a d'ammoniac, il y en a de vapeur d'eau... Tout cela a en commun une particularité : c'est absolument irrespirable. Pour nous autres, habitants de la Terre, en tout cas. L'atmosphère de la Terre, et, jusqu'à nouvel ordre, elle seule, consiste en un délicat mélange de quatre cinquièmes d'azote, d'un cinquième d'oxygène, de quelques pincées de gaz carbonique et autres menues bricoles pour donner du corps. Dans ce mélange, un ingrédient utile et un seul : l'oxygène. Saluez.

Utile, dis-je, et même indispensable. Sans oxygène, plus de vie animale. Ni de vie humaine, donc, n'en déplaise à ceux qui se veulent autres qu'animaux. Bon, tout cela, on vous l'a appris à l'école, dans les petites classes, mais vous l'avez oublié comme vous avez oublié l'accord du participe passé conjugué avec le verbe « avoir ». Il n'était pas superflu que je vous le rappelle.

Cet oxygène si tant vital, une source le produit, et une seule : les plantes vertes. Je ne vous infligerai pas le détail du mécanisme, vous êtes déjà bien patients si vous êtes encore là, croyez-moi donc sur parole.

Des plantes vertes, il y en a à peu près partout, sur cette planète bénie, sauf dans les déserts. Il y en a même qui flottent sur l'onde amère, ce sont les algues, lesquelles d'ailleurs contribuent puissamment à cette production d'oxygène. Mais les grandes concentrations de verdure bénéfique, ce que les gars qui causent dans le poste se plaisent à appeler « les poumons du monde », ce sont les formidables jaillissements végétaux des forêts tropicales humides. Entre autres, la forêt amazonienne.

Vingt-cinq pour cent de l'oxygène mondial ! Ce n'est pas moi qui le dis. Ce sont les spécialistes. Un quart de l'oxygène que nous respirons est produit là, dans l'épaisse touffeur verte de la jungle amazonienne. Or, cette forêt, cette source irremplaçable d'oxygène vital, on a décidé de la supprimer. Le travail est même déjà bien avancé. Là, je ne vous apprends rien, à vous, lecteurs d'*Écologie*. Il a fallu un fait divers pour que la chose accède aux honneurs des grands médias : un gars de par là-bas qui tentait de s'opposer au massacre a été proprement assassiné. Cela donna aux ci-dessus dits médias l'occasion de parler un peu, dans la foulée, de l'assassinat du « poumon du monde ». Oh, l'espace d'un flash-infos. Le lendemain, on avait d'autres sujets d'intérêt beaucoup plus passionnants...

Enfin, bon. Tout le monde sait, au jour d'aujourd'hui, que supprimer massivement la forêt équatoriale équivaut à condamner l'humanité à mort, et, avec elle, toutes les espèces qui respirent le bon vieux mélange azote-oxygène. Tout le monde le sait, y compris ceux qui foutent la forêt en l'air. Ces intrépides, ou ces inconscients, se condamnent donc eux-mêmes à mort, joyeusement. Que faut-il en conclure ? Que l'espèce humaine, ayant pris conscience de son présent état de surpopulation galopante, a soudain senti s'éveiller en elle un instinct compensatoire semblable à celui, fameux, des lemmings, qui se suicident, paraît-il, en bloc lorsque la densité de la population dépasse un seuil critique ?

Même pas. L'espèce humaine est dotée d'un autre instinct, un instinct que n'ont pas les lemmings, ni aucune autre bête sous le soleil : la passion du fric. Et cette passion est plus forte que l'instinct de vie même.

Ceux qui foutent la forêt amazonienne en l'air le font parce qu'ils sont payés pour le faire. Ils sont payés par ceux à qui appartient la forêt. Car tout, ici-bas, appartient à quelqu'un, les forêts comme le reste, fussent-elles amazoniennes. Ce quelqu'un peut être un gros riche, ou une société, ou une banque, ou l'État, peu importe, ça revient au même. À la place de la forêt, ils feront pousser de ces choses qui vous crachent du pognon dans la main : café, coton, caoutchouc, canne à sucre. (Pleine d'avenir, la canne à sucre : au Brésil, on en fait de l'essence.) Si on leur dit : « Mais... Et l'oxygène ? », ils vous répondent : « Il faut bien nourrir nos populations. » Or, ce genre de culture ne nourrit personne. Personne du pays, je veux dire, à part les propriétaires de la terre. Ce sont des cultures industrielles, des cultures d'exportation.

Quand ils disent « nos populations », ils veulent dire, bien entendu, les populations avouables. Or, dans la forêt vivent des êtres qui n'ont pas droit au dénominatif de « populations ». Ce sont les Indiens rescapés des grands massacres d'autrefois. Ceux-là, ces emmerdeurs, on commence par les exterminer comme des vermines. Les autres vermines, phacochères, tatous, pumas, oiseaux, serpents et tout ce qu'on se complaît à appeler « faune » disparaîtra sans peine dans le grand brasier de la forêt abattue.

Qui osera dire aux Brésiliens qu'ils n'ont pas le droit de supprimer l'oxygène de la planète, que l'atmosphère est à tout le monde, etc. ? Qui ? Les Brésiliens (c'est-à-dire leur gouvernement, c'est-à-dire les caïds de la grande magouille) lui répondront que chacun est maître chez lui, que par conséquent le Brésil l'est à l'intérieur de ses frontières, et allez vous faire cuire un œuf, Monsieur.

*

On reparle beaucoup du trou dans l'ozone, ces temps-ci. Les spécialistes de tous les pays sont unanimes : il faut de toute urgence supprimer l'usage des atomiseurs chloro-fluoro-carbonés, c'est-à-dire les bidules à vaporiser du déodorisant, du machin à laver les vitres et de la crème Chantilly. Là encore, le danger est mortel, le nombre des cancers de la peau est dès à présent en augmentation et va aller galopant. Eh bien, les fabricants de ces bidules, comme un seul homme, ergotent, contestent, bref, refusent. Au nom de la liberté du commerce, de la sécurité de l'emploi (elle a bon dos !), de Grands Principes Sacrés de ce genre... Les rencontres se succèdent, certains pays renâclent et font obstruction... Là encore, il y a du fric à gagner pour quelques-uns, et ces quelques-uns ont les moyens de faire pression sur les appareils d'État.

Je pourrais vous énumérer d'autres problèmes où

les dégâts sont mondiaux et concernent tout le monde alors que les avantages ne concernent que de petites cliques influentes : par exemple, nous, les Français, à nous tout seuls nous emmerdons la terre entière parce que nos petites voitures risqueraient de moins se vendre... Autre exemple, les pollutions de toute sorte (une usine située en amont d'un fleuve international peut sans grand risque empoisonner tout ce qui se trouve en aval).

Tous ces problèmes et, en prime, celui de la drogue, sont la conséquence de cet état de choses monstrueux et qui, pourtant, paraît à première vue juste et équitable : CHAQUE ÉTAT EST MAÎTRE ABSOLU À L'INTÉRIEUR DE SES FRONTIÈRES.

C'est comme si chaque père de famille était absolument incontrôlable à l'intérieur des murs de sa maison, avait tous les droits, y compris de torturer femme et enfants, d'empoisonner le voisinage par des fumées toxiques et de faire éclater dans son jardin des bombes de dix mégatonnes, sans qu'aucune autorité, aucun flic, n'ait celui de franchir sa porte pour venir voir ce qui se passe.

Toute solution sérieuse d'un problème posé à l'échelle mondiale sera impossible ou illusoire tant qu'une autorité supranationale ne jouera pas, au-dessus des États, le même rôle que celui que les appareils de justice et de police des États jouent au-dessus des citoyens.

Je sais, j'utopise. Dans l'état actuel des esprits, avec ces nationalismes chauffés à blanc qu'on appelle patriotismes et dont jouent en virtuoses les démagogues, ce n'est pas demain qu'on verra ça ! Alors, tant pis. Tant pis pour nous.

Et, en attendant, continuons à subir les honteuses palinodies du genre de cette impudente réunion pour l'interdiction des armes chimiques, où quelques États armés jusqu'aux dents de la plus scélérate des armes osent, au nom du droit, de la paix et de la fraternité, interdire aux États pauvres de se détruire mutuellement à coups d'armes ni plus ni moins scélérates.

Supprimer une catégorie d'armes, c'est préparer la guerre. En matière de désarmement, la pierre de touche de la sincérité s'appelle : tout ou rien.

P.-S. À propos... Dites-moi. Pourquoi aucun gouvernement au monde n'a-t-il jamais proposé (à l'O.N.U., par exemple) la promotion d'une langue synthétique internationale ultra-simplifiée ? L'espéranto, ou une autre. On me dit que l'espéranto, au vocabulaire trop européen, ne ferait pas l'unanimité. Or, l'anglais, irrésistiblement, s'impose... Il n'est pas particulièrement simple, ni logique ! Ils ne veulent pas de l'espéranto ? Ils auront l'anglais. Tant pis pour leurs gueules.

(*Février 1989.*)

Des doigts de fée, un cerveau de lombric

Strictement parlant, l'écologie est, dans l'ensemble des sciences de la nature, la discipline qui s'est fixé pour but l'étude des rapports des organismes vivants avec leur milieu. L'écologie qui est la raison d'être de la publication que vous lisez en ce moment même et pour laquelle j'écris ne répond pas exactement à cette définition. Certes, elle s'appuie sur la science, mais elle n'est pas la science. Elle en est la conséquence et l'application, tout comme la médecine est la mise en pratique dans un but restreint, la guérison, des notions fournies par certaines disciplines scientifiques qui sont l'anatomic, la physiologie, la pathologie et quelques autres branches de la biologie du corps humain.

Pour le « grand public », c'est-à-dire tout le monde, depuis une vingtaine d'années, il n'existe qu'une écologie, elle est chevelue et barbue avec excès, elle a le poil aussi gris qu'abondant car elle est aussi ringarde que les pavés de mai 68, elle n'élève plus de chèvres dans des coins pourris pour faire rire les ploucs mais elle continue à gueuler contre tout ce qui constitue le progrès : le veau aux hormones, l'électricité nucléaire, l'électricité des barrages, le plomb dans l'essence, les poissons dans les rivières,

les fumées acides, l'ozone qui fout le camp, la forêt aussi, la pêche à la baleine, la chasse au lapin, les corridas, les manteaux de vison... L'écologie, c'est, pour résumer, des barbus plus très frais mais toujours de mauvaise humeur.

« Ah, vous êtes écolo ? » Succès de rire assuré. En France, en tout cas. Ailleurs, je ne sais pas. Paraît qu'en Allemagne les Verts sont pris au sérieux. Les Allemands n'ont aucun sens de l'humour.

La médecine s'occupe de l'homme, de l'homme en tant qu'individu, et seulement quand ça ne tourne pas rond. Le médecin est un plombier. L'écolo aussi. Lui, c'est du milieu qu'il s'occupe. De « l'environnement », comme on cause dans le poste. Il y a l'homme, il y a son milieu, l'un dans l'autre. L'un ne va pas fort, l'autre est bien malade. Et comme le milieu de l'homme est en même temps celui d'un tas d'autres vivants, en fait de tous les vivants de cette sacrée planète, tout ce petit monde va plutôt clopin-clopant, et comme toute la biosphère (ainsi disons-nous entre nous, nous autres les instruits) est interdépendante comme les anneaux d'une chaîne, ça commence à aller vraiment très mal.

Et donc notre écologie — que j'appellerai, si vous me le permettez, « écologie militante », afin de modestement la distinguer de celle des savants — est une prise de conscience des dégâts causés à ce milieu universel commun à tous les organismes vivants par un certain organisme vivant, l'homme, pour ne pas le nommer, l'homme parvenu à un état de civilisation hautement technologique. Elle est aussi une recherche des moyens propres à éviter ces dégâts ou, tout au moins, à les maintenir dans des proportions compatibles avec la survie pas trop dégueulasse des espèces qui gambadent actuellement sur la planète Terre et en particulier la survie de l'espèce *Homo, sapiens* ou non, faut que tout le monde vive, paraît-il.

Mais pourquoi, demande une voix au fond de la classe, pourquoi faudrait-il lutter contre les dégâts ? Les dégâts sont naturels. Tout ce qui vit cause des dégâts (et même ce qui ne vit pas, la deuxième loi de la thermodynamique est implacable, tout tend vers l'entropie... mais ça nous entraînerait trop loin...). Une troupe d'éléphants saccage chaque jour la superficie d'un département (un petit, mais quand même...), un volcan brûle une province et étouffe la lumière du soleil pour la Terre entière pendant des années (ça s'est vu !), le lapin dévore les cultures, l'algue perfide assassine lacs et rivières, le microbe te colle la grippe et le virus le sida... Bref, le dégât est dans l'ordre naturel des choses, la notion de « dégât » n'est qu'une façon de voir, la nature s'est toujours très bien débrouillée avec les dégâts, et la preuve : nous sommes là.

*

C'est vrai. La nature s'est très bien démerdée. Jusqu'ici. Passé composé. Car jusqu'ici les dégâts étaient minimes. Le plus fantastique des feux de forêt restait un phénomène local, les millions de tonnes de bon oxygène qu'il transformait brutalement en millions de tonnes de gaz carbonique mortel n'étaient qu'une goutte dans l'océan mondial d'oxygène craché en permanence par les centaines de milliards de végétaux à la chlorophylle qui fonctionnaient à pleins stomates sur la Terre entière, le vent brassait tout ça en moins de deux...

À peine la troupe d'éléphants passée, la verdure saccagée jaillissait de plus belle. À peine les cent mille morts d'Austerlitz enterrés, la furieuse partie de couilles à l'air des retrouvailles vous les remplaçait avec bénéfice... L'un dans l'autre, la vie se maintenait, et même progressait (si se multiplier et se diversifier est progresser...). Les individus souffraient et crevaient, mais l'Espèce triomphait. Les espèces s'étiolaient et disparaissaient, mais la Vie continuait...

Jusqu'à il n'y a pas si longtemps. Jusqu'à ce qu'une espèce, ayant, par le jeu du hasard et de la nécessité, acquis un système nerveux extrêmement complexe, une donnée nouvelle apparut et vint tout chambouler. L'homme, son intelligence, son habileté, sa cupidité, sa jalousie, son besoin de dominer, sa cruauté, sa gourmandise, sa folie... L'homme domine la Terre (il en est assez fier !). Mais ce maître de tout ce qui existe est un pauvre animal dominé lui-même par ses instincts les plus crocodiliens (à moi, Laborit !). Tout est là : des moyens d'action fantastiques, des motivations reptiliennes.

Les hommes sont, de loin, les mammifères les plus

nombreux sur la Terre (à part peut-être les rats, mais un homme est beaucoup plus gros qu'un rat, et plus exigeant). Il n'y a pas de place pour une infinité d'êtres. Un animal, pour survivre, n'a besoin que d'une certaine quantité de nourriture, que lui assure une certaine surface de sol fertile (les carnivores vivant sur les herbivores). À un homme, il faut une fantastique surface, pour se nourrir, oui (mais quelle variété de nourriture !), et surtout pour se vêtir (avec élégance), se distraire, se saouler la gueule, fumer, se chauffer... Et l'énergie !... Encore tous les hommes ne bénéficient-ils pas du genre de vie européen (pour ne pas dire américain !) qui est estimé la moindre des choses... Quand toute la planète vivra selon les normes du citoyen de New York, imagine un peu !

Nous sommes trop. Nous consommons trop. Le profit passe avant tout. Nous ne voulons pas être informés.

Je crois que les quatre phrases ci-dessus contiennent l'essentiel (si j'en oublie, mille pardons, j'écris à toute vibure, Burgunder me tanne le cul avec je ne sais quelle histoire d'imprimeur...).

Tout le reste n'est que détails, anecdotes et amuse-gueule. Faire prendre conscience individuellement, patiemment, à des tas de types, de ce que c'est vilain de polluer, de ce que boire de l'eau minérale, conduire le gosse à l'école en voiture, dénicher les merles, foutre le feu à la pinède, se déodoriser le cul au fréon, bétonner le littoral et la haute montagne, etc., etc., est caca... Tout ça est pisser dans un banjo (vous attendiez « violon », hein ?).

*

Soyons moins. Consommons moins.

Pour le premier point, ça commence à aller. Mais

ce n'est pas le tout d'être stationnaire. Il faut régresser. Cinquante-cinq millions de gros pères bouffeurs de foie gras, c'est trop, beaucoup trop pour un petit pays comme la France. Bien sûr, le pire, la vraie calamité, c'est le Tiers Monde. À couilles rabattues! Je ne vois pas comment faire, mais si ces furieux baiseurs continuent, tout est foutu. Et imagine, quand ces affamés accéderont à la consommation standard occidentale!

Pour la consommation, ce sera plus dur. La publicité est là, la charogne, qui nous mord au cul, nous saute au nez, nous persuade, nous séduit, nous harcèle... Nous pourrions vivre confortablement, rustiquement, avec tous les avantages du progrès technique, mais sans superflu, sans luxe, sans cet effroyable gaspillage qui nous est devenu nécessaire. Pas de luxe, mais que tous aient assez. Dans le monde entier.

Oui... Je rêve. Je déconne. Il y a une notion qui prime toutes les autres, un instinct du marécage plus fort que la raison : le profit. C'est-à-dire le grand jeu, la lutte féroce, l'exaltation du moi...

Les colifichets que donne le fric ne sont que justificatifs « logiques ». Le vrai moteur, ce n'est même pas le fric, c'est GAGNER.

*

Je vais encore une fois terminer pessimiste, et encore une fois me faire cracher dessus. Je ne crois pas à la possibilité d'infléchir le cours implacable des choses, parce que ce cours est purement biologique, et que la morale (l'écologie est une morale) ne peut rien contre l'instinct. L'avenir est aux beaufs. C'est-à-dire à l'autodestruction de l'espèce. Adieu, l'espèce! Après tout, les dinosaures, hein...

Ce qui me fait saigner, c'est de penser que les éléphants crèveront avec nous. Avant nous, même, tel que c'est parti. Pas que les éléphants... C'est pas la fête, dans ma tête.

(Mars 1989.)

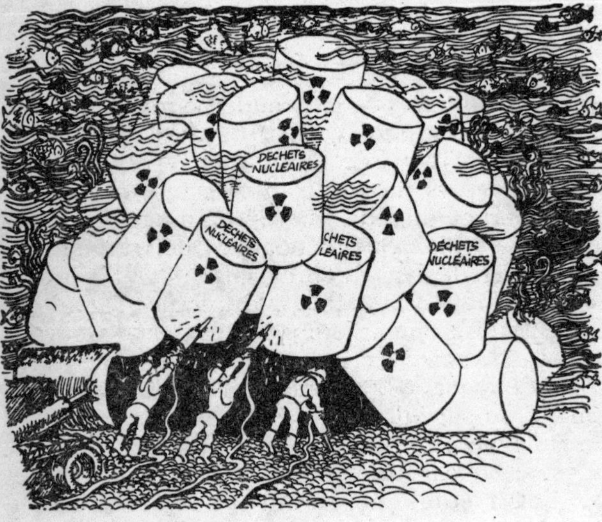
DECHETS
NUCLEAIRES
DECHETS
NUCLEAIRES
CHETS
LEAIRES
DECHETS
NUCLEAIRES

La dernière ligne droite

Dernières nouvelles de la Grande Course à l'Abîme. Cette formidable épreuve sportive dont l'humanité, dès son apparition sur la planète Terre, a pris le départ et, depuis, mène le train avec une magnifique et persévérante ardeur, aborde maintenant la dernière ligne droite. Quelle fougue ! Quelle fraîcheur ! Quelle diversité dans l'improvisation !... À l'heure où j'écris ces lignes, la clameur des foules survoltées par l'enthousiasme accompagne l'énorme glouglou des noirs flots de brut premier choix à haute viscosité qui se ruent en bouillonnant hors de la carcasse éventrée du pétrolier couché sur le flanc parmi les neiges naguère immaculées de l'Alaska.

C'est presque trop beau. On n'aurait pas osé l'espérer. Les médias déplorent l'invraisemblable concours de circonstances, ça NE POUVAIT PAS arriver, absolument impensable, ça ne se reproduira plus, etc.

Ça se reproduira. Encore et encore. On peut même calculer avec précision la périodicité, simple affaire de statistiques et de probabilités. Introduisez dans l'ordinateur le tonnage, la longueur, l'épaisseur de la coque d'un tanker géant, le nombre de tankers en service sur toutes les mers du globe, leur vitesse de rotation (très importante pour la rentabilité !), la fréquence et la violence des tempêtes, typhons, ouragans et autres perturbations atmosphériques, l'âge du capitaine et son goût pour les boissons fortes... L'ordinateur vous dira combien, mathématiquement, de pétroliers iront par le fond chaque année et, consécutivement, combien de millions de litres d'horreur noire s'épandront sur les flots d'azur de la mer qu'on voit danser, la conne.

Donc, parfaitement prévisible. Risque calculé, et accepté. Avec l'espoir, pour chaque armateur, que ce sera le tanker du concurrent qui alimentera la statistique... Pourquoi, mais pourquoi, pleureront les naïfs, lancer sur les océans ces gigantesques machins qui ne sont rien de mieux que des bidons, des bidons colossaux aux parois minces, remplis ras la gueule de pétrole brut, tellement fragiles qu'ils se tordent et se détordent à la vague comme bâtons de guimauve, et que le moindre choc éventre sans merci ?... Parce que la loi du profit. Parce que ça coûte moins cher, et donc rapporte plus. Parce qu'un gros tanker ne nécessite pas un équipage plus nombreux qu'un petit. Parce qu'on gagne du temps sur le remplissage et le vidage... Tiens, si le brut était transporté en barils — c'est juste une idée comme ça — il n'y aurait pratiquement aucun risque de marée noire. Si le bateau se casse en deux, les barils sont très faciles à récupérer. Si même ils s'échappent et flottent à l'aventure, on les repère sans douleur et on les repêche à l'épuisette. Les barils sont ceinturés, ils ne risquent guère de s'éventrer, et ils flottent : le pétrole est plus léger que l'eau de mer. Oui, mais... ça coûterait BEAUCOUP plus cher ! Un cargo contiendrait nettement moins de pétrole qu'un super-tanker, et imaginez les manipulations !... Notre civilisation est basée sur le profit et la concurrence, pas sur le respect de la vie et de sa beauté. Notre civilisation n'est même pas une œuvre de techniciens, ainsi qu'elle se plaît à le faire croire, mais bien une œuvre de commerciaux, c'est-à-dire de margoulins. Est-elle assez fière de créer des besoins (par la publicité, cette pute) et de pousser à la consommation ! Chacun gère SON affaire, réduit les coûts et augmente les profits, et merde pour l'environnement, c'est pas mon problème !

Quant aux millions de poissons, de phoques, d'ours et d'oiseaux morts d'une mort effroyable, englués, asphyxiés, empoisonnés, l'ordinateur ne nous en dit rien. À peine si on les mentionne à la télé, parce que ça fait de magnifiques pathétiques épouvantables photogéniques séquences qui éveillent chez monsieur Ducon un bref frisson d'horreur (mais vite on le rassure : les côtes de France ne sont en aucun cas menacées, la saison touristique sera fructueuse chez nous, gningningnin...). On expose gravement le manque à gagner des marins-pêcheurs et des fabricants de conserves locaux, ça, oui, c'est du problème qui nous touche, c'est de l'humain, on comprend, les assurances paieront-elles, tout ça, tout ça...

Les méfaits à longue échéance pour la planète entière ? Ouh là là... D'abord, c'est pas prouvé, des marées noires, on en a déjà dégusté, et des sévères, et pas plus loin que chez nous, total on est toujours là, même on mange des huîtres, alors, hein, les pessimistes, ça va comme ça... Même Tchernobyl, on n'en parle plus, de Tchernobyl. On mange autant d'escargots qu'avant Tchernobyl, en France. Or, tous les escargots sont importés de par là, des pays de l'Est, de là où ce serait soi-disant le plus contaminé... Et les yaourts aux « fruits des bois » ? Les airelles, myrtilles et autres baies viennent aussi de là-bas, tu le savais, ça ?... Et la viande de cheval ? Les chevaux qu'on mange en France sont élevés en Pologne, à la bonne herbe verte bien engraissée aux neutrons assassins... Ce sont juste quelques détails amusants pour vous faire toucher du doigt. Le cancer, c'est pour après-demain, et on pourra toujours ergoter. Pour aujourd'hui, Tchernobyl n'a nullement entamé le moral des techniciens-margoulins d'ici : Superphénix repart du bon pied.

*

Si les techno-margoulins gardent le moral, il semblerait que la population, elle, commence à se poser des questions. La soudaine et inattendue poussée des Verts aux municipales va obliger les gens qui font dans la chose publique à introduire dans leurs discours une composante « environnement ». Peut-être même dans leurs actes, un peu. Ça va d'autre part obliger le ministre de ce truc à être autre chose qu'un cireur des bottes de ses patrons, qu'une potiche avec des fleurs pour faire printanier. Là, il a une belle occasion de gueuler, le ministre de la chose : le pétrolier de l'Alaska est américain, la France a les mains nettes, crénom de Guieu de saloperies de Yankees malpropres !

On aborde la dernière ligne droite. Les paris vont bon train. Quelle catastrophe passera la ligne en vainqueur ? Le trou dans l'ozone ? L'effet de serre ? Les marées noires ? Imagine seulement une petite guéguerre genre 39-45... Les missiles sur les supertankers... Sans pitié ! Le sort et l'honneur de la Patrie sont en jeu, etc. La surpopulation ? La misère du Tiers Monde ?... Ces deux dernières vacheries sont bien placées, en plus elles s'entendent comme larrons en foire, en plus elles en déclenchent d'autres en ribambelle...

Merde. J'étais parti pour vous parler des Verts dans la joie et l'allégresse, va savoir comment ça s'est fait, j'ai dérapé encore un coup, je finis dans la tristesse et dans le caca!... Mais faites-moi confiance, le jour où je pourrai vous annoncer que les États riches ont accepté d'un commun accord de se priver de dessert pour que les États faméliques mangent à leur faim, que le pape et les imams ont accepté que des mesures draconiennes soient prises contre la surpopulation galopante, que la forêt regagne du terrain, que les éléphants, les baleines, les pingouins, les rhinocéros et les oiseaux de paradis sont en expansion, que les ours et les vautours ont réapparu dans les Pyrénées et le Massif Central, que le vélo est encouragé et l'automobile interdite, que les Touareg ont foutu le feu aux ignobles bagnoles bariolées du « Paris-Dakar », que les fabricants d'eau minérale ont fait faillite, que les indigènes de Seine-et-Marne ont fait sauter Disneyland et sodomisé Mickey Mouse sur la place publique, que les élèves des écoles et des lycées ont jeté les postes de TV et les transistors par la fenêtre pour protester contre les programmes débiles et la publicité qui les prend pour des cons... Ce jour-là, croyez-moi, je vous ponds un papier d'un optimisme délirant, je serai gai, gai, gai, et même hilare, et même convulsé de joie! Vous verrez.

(Avril 1989.)

LE RETOUR DU HÉROS

— Il aimait tant le sable que tu mettais dans tes lettres...

Lettre ouverte à Brigitte Bardot

C'était il y a quelques années, vous souvenez-vous ? Une manifestation contre la chasse à courre. Nous étions partis de la gare Montparnasse, sans trop d'illusion : se battre pour les animaux n'enflamme généralement pas les masses. Et puis, surprise, voilà que nous formions un cortège immense, un long et large serpent bariolé qui barrait le boulevard, gueulant bien haut notre dégoût de la chasse, à courre ou à pied, ainsi qu'envers tous ceux pour qui donner la mort est un passe-temps. Vous étiez là, parmi nous, vous étiez « montée » à Paris tout exprès, et je pense que votre présence a beaucoup fait pour le succès de cette journée.

Naturellement, journalistes et photographes vous harcelaient, si bien que vous aviez dû précéder la manif enfermée dans votre voiture. À cette époque, vous étiez encore furieuse contre toute la bande *Hara-Kiri*, pour une plaisanterie plutôt féroce dont vous aviez été la victime. Nous n'aimions les plaisanteries que féroces, et si possible injustes. Celle-là était une réussite dans le genre. Vous ne m'aimiez donc guère, j'étais alors un membre assez voyant de la bande. Le cortège devait se disperser au Champ-de-Mars, après que vous eûtes dit au micro ce qui doit sans cesse être dit et répété sur l'imbécile massacre des animaux. J'attendais ce moment, je voulais vous parler, oh, très vite, vous dire simplement qu'une plaisanterie de potaches ne devait pas nous séparer, que *Hara-Kiri* et *Charlie-Hebdo* étaient alors, parmi toute la presse et depuis des années, les seuls journaux qui se battaient opiniâtrement, violemment et sans répit contre la chasse, la corrida, la vivisection et les mauvais traitements de toute sorte infligés aux animaux, que c'est nous qui avions lancé les slogans « CHASSEURS = GROS CONS ! », « ON NE TUE PAS POUR FAIRE JOUJOU ! », que nous étions à l'époque les seuls à avoir une chronique régulière (signée Paule) de défense des animaux, et que toute la rédaction, de Reiser à Choron et de Wolinski à moi-même, voyions rouge au seul mot de « chasseur » ou de « torero ». Voilà ce que je voulais vous dire, afin que vous vous sentiez moins seule dans votre bagarre.

Car, souvenez-vous, c'était l'époque où tous les bons cons ricanaient de vous et vous tapaient dessus. Votre « Œuvre d'Assistance aux Bêtes d'Abattoir » vous faisait traiter de folle, de mémère à chien-chien, d'emmerdeuse incapable d'assumer sa ménopause... Je n'invente rien, ces mots ont été écrits. Je voulais vous dire tout cela, je n'en eus pas l'occasion. À peine le cortège débouchait-il sur le Champ-de-Mars que deux journalistes de l'A.F.P. m'annonçaient la mort de Reiser. J'ai tout laissé là, je me suis fait transporter auprès de sa femme, dans un état que vous pouvez imaginer. Voilà pourquoi, Madame, je n'ai pu vous dire, ce jour-là, combien mes amis et moi étions de cœur avec vous, et... tout ça, quoi.

Je vous le dis aujourd'hui. Mieux vaut tard que jamais, même si vous n'êtes plus la « sorcière », l'« emmerdeuse », même si, à force de ténacité, d'opiniâtreté, d'indignation, vous êtes parvenue à hisser la lutte contre le grand massacre au premier plan de l'actualité. J'ai lu votre interview dans *Paris-Match*, j'ai vu votre émission sur l'hécatombe des éléphants, je suis bouleversé, je suis emballé, je pleure de rage et d'impuissance, et je me dis qu'au même moment quelques millions d'autres pleurent et serrent les poings, quelques millions dont beaucoup étaient, jusqu'ici, jusqu'à votre intervention, tranquillement indifférents ou complices... Voilà du bon travail.

Ma lettre paraîtra dans le mensuel *Écologie-Infos*, ce sera ma contribution de ce mois. Car pour moi tout se tient. Il n'y a pas d'« écologie », c'est-à-dire de rapports entre l'homme et son milieu, sans prise en considération des animaux, nos compagnons de voyage sur la planète Terre. Une écologie étroitement égoïste, anthropocentriste, qui ne considérerait l'incidence des activités humaines sur l'environnement que du strict point de vue des inconvénients pour l'homme, ne m'intéresserait absolument pas. C'est parce que j'aime la vie, sous toutes ses formes, parce que j'aime l'arbre et l'animal, que je souffre qu'on leur rende la Terre inhabitable. Je n'ai jamais vu d'éléphant en liberté, ni de baleine, ni d'oiseau-mouche, ni de baobab, mais savoir que, quelque part, ils existent, et vivent leur vie, cela me fait du bien, cela me comble de joie. Que des chiens et des chats veuillent bien partager notre vie, quel bonheur! Qu'un cerf, un chamois, un lapin, un rat, soudain m'apparaisse, le temps d'un éclair, et puis disparaisse, cela m'enchante. Que de beauté! Et quelle chance d'être capable de comprendre cette beauté, de ressentir cette émotion devant la noblesse de l'attitude, la pureté du geste! Mais qu'ont donc dans la peau ces lourdes brutes qui, devant tant de splendeur, n'ont qu'un réflexe : « Mon fusil »...?

*

Aux temps où la chasse et la pêche étaient les seuls moyens de survivre, il fallait bien en passer par là. Mais aujourd'hui ce ne sont que des jeux, des jeux cruels et imbéciles que rien n'excuse. Je suis prêt à me nourrir de bifteck extrait du pétrole, des algues ou de ce qu'on voudra si cela peut arrêter le massacre...

Votre action patiente et courageuse porte enfin ses fruits — voilà que je cause comme un sous-préfet! — J'espère que ce ne sera pas qu'une mode, et que les Français prendront enfin durablement conscience des horreurs qui se perpétuent tranquillement sous leurs yeux, et qu'ils voudront y mettre fin, à commencer par l'ignoble corrida qu'on est en train sournoisement d'essayer d'étendre à la France entière, à continuer par le répugnant massacre « traditionnel » — Tradition, mon cul! — des palombes dans le Sud-Ouest, par la chasse sous toutes ses formes, la pêche à la ligne, la fourrure, la façon effroyable dont est traité le bétail d'abattoir (il faut voir les grappes de volailles, attachées par les pattes, la tête en bas, en plein soleil, sur les marchés ruraux), le gavage des oies et des canards... Il y a du pain sur la planche. Courage!

(Juin 1989.)

Au feu, les pompiers !

Elle flambe, la forêt ? Et alors ? Vous pleurez ? Moi aussi. Moi aussi. Vous êtes surpris ? Pas moi. Elle flambe, a flambé, flambera. Année après année. Vacances après vacances. C'est comme ça.

Quoi ? Tu vas pas remettre en cause les vacances ? Droit sacré du peuple qui travaille. Hélas, il a un autre droit sacré, le peuple : celui d'être con. Et il en use, nom de Dieu ! Quoi ? Tu insultes le peuple ? Mais non, mais non, je constate, c'est tout. Je suis con, tu es con, nous sommes tous cons et nous sommes le peuple. Tant que nous sommes éparpillés, chacun peinard dans son coin, les risques sont limités. Vienne la grande migration sacrée des vacances, la concentration sacrée des cons sacrés devient formidable là où le soleil brille, là où le sable trempe dans l'eau, là où les arbres sont des pins et les broussailles des amas de paille bien sèche. Combien de vacanceux (pardon, on dit « des touristes », soyez poli) au mètre carré de littoral méditerranéen ? Combien de cornichons se font bronzer la couenne sur la côte entre juin et septembre ? Deux millions ? Trois ? Quatre ? Disons deux. Combien de pyromanes en puissance dans le pouding humain ? Un pour cent ? Un pour mille ? Disons un pour dix mille. C'est vraiment

pas beaucoup, mais bon, disons. J'appelle « pyromane en puissance » tout individu fasciné par la « sauvage beauté des flammes », comme on dit chez les bons auteurs, tout môme qui allume un petit feu « juste pour voir », tout paysan qui a intérêt à toucher l'assurance, tout promoteur immobilier à visées grandioses. Ça fait du monde. Mais bon, un pour dix mille, je m'en tiens là. Eh bien, un boute-feu sur dix mille croquants, ça en fait deux cents sur deux millions. Vous voyez que, même en comptant tout à fait modeste, on arrive à des chiffres implacables. Deux cents incendiaires lâchés dans la nature, dans une nature sèche comme amadou et suintant la résine... Les canadairs n'ont pas fini de tourner, ni les pompiers d'être aplatis sous les tonnes d'eau quand ils ne crament pas tout vivants! La forêt méditerranéenne est condamnée. Année après année quelques centaines de milliers d'hectares disparaissent. Et ne repoussent pas. Ce qui pousse à la place, c'est le maquis. Ou le béton. Plutôt le béton.

L'essentiel, n'est-ce pas, c'est que ça ne nuise pas au tourisme. À ce qu'ils appellent « tourisme ». Ne craignez rien, ça ne nuit pas. Tous les arbres, tous les buissons peuvent disparaître, et même les rochers mauves, et même les collines dorées, pourvu qu'il y ait du soleil, du pastis, de la bouffe et des boîtes pour aller draguer le soir. Que veulent-ils, vos, heu, « touristes » ? Bronzer, bronzer, bronzer, bouffer, picoler, faire semblant de jouer à la pétanque, faire joujou avec des bateaux à voile ou à moteur, et, si possible, se fendre la gueule. Pas besoin d'arbres pour ça. Si on veut voir des arbres, il y a la télé. Tu vas pas nous faire pleurer avec tes arbres.

*

Et les bêtes ?... Quoi, les bêtes ? Oui, les bêtes, celles qui vivaient leur petite vie sous les arbres, dans les broussailles, celles qui avaient échappé aux chasseurs, qui se croyaient tirées d'affaire. Personne n'en parle, des bêtes. Pas un mot à la télé, pas un mot dans le journal. On déplore les hectares ravagés, les vies humaines, le manque à gagner... Rien sur les bêtes folles de terreur, grillées au nid, au terrier, courant droit devant elles et rattrapées par l'incendie, rien. Pas un mot. L'homme, l'homme, l'homme et ses petits problèmes.

Eh, l'homme — mis à part les pauvres types et les pompiers qui y ont laissé la peau — il continue à faire trempette, l'homme, à bouffer des glaces et à se dorer la brioche, coincé entre le paysage calciné et la mer où flottent les étrons ! Heureux. Heu - reux.

(Août 1989.)

LE PAPE : AVORTEMENT = HOLOCAUSTE

Je suis contre, mais y a des cas...

« Moi, je suis contre la peine de mort, sauf... » À partir de là, chacun place son crime favori, je veux dire celui qui lui paraît tellement énorme, tellement épouvantablement répugnant qu'il rejette son auteur au-delà de toute répugnance et en fait un monstre hors la loi pour qui il importe de rétablir, tout à fait exceptionnellement, cela va de soi, l'abominable guillotine. Au gré de l'indignation du discoureur et de sa sensibilité particulière, ce crime des crimes pourra être le viol des petites filles suivi ou non de strangulation, le trafic de drogue, surtout les « gros bonnets », l'assassinat des grand-mères aux fins de s'approprier leurs économies, le martyre d'enfants assaisonné ou non d'inceste, la séropositivité clandestine, la conduite d'un véhicule à moteur en état d'ébriété ou le cabossage de la carrosserie d'autrui en essayant de se dégager d'un « créneau » un peu serré... Chacun se gratte où ça le démange, c'est humain.

Un éminent homme de lettres français, un de ceux dont la parole a force d'oracle, a choisi, lui, comme abomination des abominations justifiant le supplice suprême qu'il appelle d'ailleurs à cor et à cri, le fait pour une femme de se faire avorter. Position de pointe puisque l'avortement aujourd'hui est chose tout à fait légale en terre civilisée. Seul le pape persiste à se prononcer contre, mais l'opinion d'un gourou chef de secte, cette secte fût-elle la plus grosse du monde, n'a pas (pas encore?) force de loi chez nous. Et le pape lui-même n'est pas allé jusqu'à demander la mort de la pécheresse.

« À mort les avorteuses! » Le mot d'ordre est séduisant de par son outrance même. Vous verrez qu'il y en aura pour le reprendre. « Supprimer un embryon, c'est tuer une vie! » Dieu a dit : « Croissez et multipliez! » « Qui paiera nos retraites? » « Qui contrebalancera la ruée arabe, ou chinoise, ou japonaise, ou sud-américaine, ou...? » Tous ces arguments archirebattus pour fin de repas dominical ne sont nullement émoussés, on les ressert toujours avec la même ferveur digestive... Comme si vraiment, le jour où les hordes se mettraient en marche, quelques centaines de milliers, voire quelques millions d'Européens en plus pourraient arrêter la ruée! Comme si, la productivité de chaque travailleur augmentant fantastiquement ainsi qu'elle le fait, le nombre de bras était garant de nos futures retraites (bras non productifs, puisque voués au chômage chronique, et donc bras, tout au contraire, à la charge de la communauté...). Et si un dieu (pourquoi celui-là plutôt qu'un autre?) a énoncé : « Croissez et multipliez », il n'a pas ajouté « ... à l'infini ».

La Terre n'est pas extensible, elle supporte déjà cinq milliards de croquants, c'est beaucoup trop, c'est la catastrophe au bout, et si l'énorme masse des peuples misérables pondent à tout va et multiplient leur misère, ce n'est pas une raison pour que nous imitions leur folie. Eux ont l'excuse de l'ignorance et de l'obsession de la virilité attestée par le nombre d'enfants (garçons, surtout). La Terre est trop peuplée. La France même est trop peuplée. Il faut à chaque individu beaucoup plus que la surface qu'il occupe, beaucoup plus que la surface nécessaire pour faire pousser ce qu'il mange, il lui faut l'énorme surface qu'exigent les usines qui fabriquent ce qui lui est indispensable (et comment le dissuader du superflu ?), les lieux de vente où il s'approvisionne, les lieux de loisirs où il s'amuse et les autoroutes qui joignent tout cela. Le genre de vie qui est le nôtre est calqué sur celui des Américains. Les Américains ont de la place (pour l'instant). Nous n'en avons pas...

La plus grande menace qui pèse sur nous est la surpopulation. Monstre à la mode il y a quelque vingt ans, elle n'intéresse plus, ne fait plus peur. Les médias s'en détournent. Pendant ce temps, le monstre court, et s'enfle, les masses humaines s'enfoncent dans la misère et le désespoir... Le pape, de son petit balcon, dit « Pas de pilule, pas d'avortement ». Tournier clame « La mort pour l'avortée ! ».

Déjà il n'y a place sur Terre que pour l'homme et les animaux qu'il engraisse afin de les manger. Les espèces animales « inutiles » disparaissent l'une après l'autre, les plus grosses les premières. Car elles ont quand même une fugace utilité (ah, l'ingéniosité humaine !) : elles sont des joujoux amusants à tuer. Seule la vie humaine est sacrée, fût-elle celle d'un embryon à peine formé, fût-elle vouée à la misère, au désespoir, à la drogue, à la guerre. Dieu a fait l'homme à son image, pas le lapin, ni l'éléphant, ni la baleine...

*

Mais parler le langage de la compassion ne sert de rien. Parlons celui de la peur. Nous, peuples « avancés », vivons de la misère de l'immense majorité des peuples pudiquement dénommés « en voie de développement ». Nous chions sous nous et sur eux un tas d'ordures qui peu à peu submerge et envahit la planète entière, comme si tout cela était sans danger. Comme si les Barbares n'étaient pas aux portes de l'Empire romain. Nous nous payons le luxe de cas de conscience : l'embryon est-il un être vivant ? (Humain, bien sûr ! Les autres on s'en fout !) À quel moment le fœtus acquiert-il une âme ? Quel illustre pignouf a dit : « Le XXIe siècle sera religieux ou il ne sera pas » ? Il semble bien que la réponse est : « Oui, il le sera. Et il en crèvera. »

Limiter les naissances. Partout. Dans le monde entier. Et partager. Les richesses, le travail, le savoir. Surtout le savoir. Et laisser les curés de tout poil faire joujou sur leur tas de sable.

*

À propos de curés. Tout ce foin pour un bout de tissu[1] ! C'est pourtant simple. L'école est laïque, ce qui signifie que toute démonstration religieuse, et en particulier tout insigne, ne doit pas en franchir la porte. Pas de voile sur la tête, donc, mais pas non plus de croix, pas d'étoile de David, pas de signe du zodiaque. Jospin a ouvert la porte à la guerre de religion.

(Février 1990.)

1. *Il s'agit, bien sûr, du « tchador » des fillettes musulmanes.*

Indestructible

On commence à se rendre compte, dans les médias — oh, lentement, prudemment ! — que, lorsqu'on répand dans la nature des matériaux indestructibles, ils ne se détruisent pas. Et donc s'accumulent. Et s'accumulent.. Peu à peu, prennent toute la place. Les tas d'ordures de jadis puaient. Ils étaient constitués pour l'essentiel de queues de poireaux et de merdes de chat, matériaux putrescibles, donc puants. (On dit aujourd'hui « biodégradables », on n'est pas des ploucs.) Bio — comme tu dis — dégradables, ils se dégradaient. Gavaient de leur pourriture des myriachiées d'asticots, de millepattes, dc bactéries, de mousses et de champignons, et puis, réduits à quelques pincées de sels plus ou moins solubles, se faufilaient dans le noir humus avec l'eau de pluie, et, en fin de parcours, aspirés par les racines avides, enrichissaient les sucs nourriciers des vertes frondaisons... Mais vous connaissez, c'est le grand cycle sacré des éternels, comme dit l'autre, recommencements, la mort qui nourrit la vie, tout ça, tout ça, des générations de chauves déprimés et de barbus torturés ont écrit là-dessus des tonnes de choses très profondes, histoire de se consoler de leur propre finale dissolution dans le sein de la terre

généreuse en plongeant à leur tour les malheureux assez imprudents pour les lire dans la morne contemplation de la tête de mort.

Résumé du paragraphe précédent : au joli temps de ma grand-mère, les tas d'ordures étaient faits de vraies ordures qui aidaient à pousser la verdure et puis disparaissaient, plouf.

Il n'en est plus ainsi. Plus du tout. La queue du poireau et le caca du minet ne constituent plus qu'une infime part de ces colossales montagnes d'ordures (on dit « déchets », quand on est poli) dont s'enorgueillit notre conquérante civilisation.

*

Ce qu'il y a dans l'emballage n'est rien, l'emballage est tout. (Je pense que cette phrase, ou une à peu près similaire, a dû être prononcée fièrement par un de nos spécialistes de l'emballage — On dit « conditionnement », minable, et c'est un Art, même qu'il a son Salon — ou de la publicité, si ce n'est déjà fait, soyez sûr que vous la lirez ou l'entendrez bientôt, ils me piquent tout.) Donc, quand vous achetez quelque chose, n'importe quoi, comestible ou pas, périssable ou pas, vous achetez, d'abord et avant tout, de l'emballage. (Et aussi de la pub, mais c'est d'emballage qu'on cause.) De l'emballage indestructible.

Eh, oui. Indestructible, le « présentoir » transparent en plastique qui contient et met en valeur les trois petites vis que vous avez achetées au supermag pour réparer le tiroir de la table de nuit. Indestructible, la pellicule genre cellophane qui enveloppe la portion de brie. Indestructibles, les bouteilles de verre ou de plastique contenant deux gorgées de limonade, indestructible aussi la boîte d'aluminium bariolé où mousse la bière qui donne la touche finale à la silhouette triomphalement con du jeune touriste moyen, du jeune amateur de rock moyen, du jeune supporter sportif moyen... Indestructible, la fausse paille qui trempe dedans. Indestructible, la bourre amortisseuse en flocons super-légers qu'on met dans les caisses pour protéger quelque prétentieuse camelote. Indestructibles, les réfrigérateurs, les téléviseurs, les machines à laver, les matelas mousse, les tout ce qu'on voudra abandonnés la nuit sur les trottoirs, vieux pachydermes épuisés qui se sont perdus en cherchant le cimetière des éléphants... Indestructibles, les capotes anglaises grouillantes de virus du sida très méchants... J'arrête, je sens que je vais glisser dans le scato-porno, j'en meurs d'envie.

Tout ça parce que des décideurs psycho-socio-publi-margoulins battants et musclés savent ce qui est bon pour nous, c'est-à-dire ce qui déclenche, chez nous autres bons cons, l'acte suprême, l'acte clef de notre société : l'achat.

L'Achat ! Eucharistie ! Communion ! Jouissance au-dessus de toute jouissance ! Acte magique qui fait que la machine tourne et que la Civilisation tient debout... ou du moins ne se casse pas trop vite la gueule.

Et nous, bons cons, nous leur donnons raison ! Nous marchons. Nous courons. Nous applaudissons. Nous en redemandons. Nous démontrons, par notre goinfrerie même à avaler ce clinquant, combien ils ont vu juste en nous traitant en crasseux sauvages avides de verroterie. Où achète-t-on une poignée de clous en vrac ? Où, des gâteaux secs au poids ? Nulle part. Tu achèteras tes clous par six, présentés en écrin transparent monté sur un carton enluminé. Tu ne trouveras des petits-beurre que précieusement sertis un par un dans un quadruple sarcophage de papier d'argent, de papier gaufré, de papier aux brillantes images et enfin, de cellophane ou appelle ça comme tu voudras. Tout ça, qu'ils disent, pour garantir la fraîcheur, la qualité. Mon cul ! En vrai : pour te flatter, te faire croire que tu es un nabab, un Aladin des Mille et Une Nuits, te gonfler l'importance et la dignité... Et aussi pour la commodité du stockage, du transport, de la manipulation. On te vend des camelotes inférieures à ce que mangeait ton grand-père, mais en infimes pincées magnifiées comme cadeaux de Noël.

Tu bois ta bière, tu jettes la boîte. Tu te rends compte ? Cet objet si parfait, ce joli cylindre de métal, merveille de la technique, de l'ingéniosité et du goût, cet objet dont la fabrication a nécessité une débauche d'énergie et de dégâts (rien de plus coûteux en énergie ni de plus polluant que l'industrie de l'aluminium), uniquement pour enfermer quelques gorgées de bière! Mais c'est fou! Mais c'est délirant!... J'ose à peine évoquer (je l'ai fait tant de fois!) l'imbécile industrie de l'eau dite « minérale », entièrement fondée sur un bourrage de crâne docilement subi, ces millions de bouteilles, ces étiquettes, ces capsules, ces caisses (Ô mes beaux arbres!), ces camions pour trimbaler tout ça, cette essence...

Et l'on nous annonce gravement que l'eau du robinet est polluée!... Et on se résigne! Alors qu'on devrait descendre dans la rue, bordel de dieu, et tout casser, et exiger que soit effectivement potable cette eau qu'on nous vend — très cher! — pour potable!... Oui, m'y voilà retombé, je ne peux pas m'en empêcher. Mais aussi, quel plus terrible, quel plus éloquent symptôme de l'incapacité des hommes à fonder une société qui tienne debout? Un miracle technique nous donne l'eau de source à tous les étages, et aussitôt, parce que certains y ont vu une possibilité de fric à se faire, on nous persuade de faire venir l'eau EN BOUTEILLES depuis des centaines de kilomètres, comme si nous étions perdus en plein Sahara! C'est parce qu'il y avait là une occasion de profit, c'est-à-dire que des malins l'ont créée, cette occasion, en agissant avec tout le pouvoir de leur fric sur nos pauvres petites têtes de bons cons.

Vous voulez absolument une moralité? Tirez-la donc vous-même.

(*Novembre 1990.*)

FIN DE L'APARTHEID

Le moucheron de Mururoa

Mururoa, morne plaine. Le nouveau petit bateau de Greenpeace tourne autour de l'atoll maudit, tourne, tourne suivant un cercle parfait, le cercle imaginaire qui limite les eaux territoriales françaises. Imaginaire, mais lourdement matérialisé par des navires de guerre qui, leur nez d'acier au ras du cul du petit rafiot, ne lui permettent pas de pénétrer d'un centimètre dans le périmètre sacré. D'où, question : pourquoi, si l'on a rien à cacher, refuse-t-on à Greenpeace de jeter un œil ? Ce seul refus rend suspecte, fortement suspecte, l'attitude des autorités françaises. Greenpeace affirme que ses spécialistes ont décelé des quantités minimes, mais anormales, de matières radioactives dans l'eau de l'Océan prélevée assez loin de la limite des eaux territoriales, et que ces quantités augmentent lorsqu'on se rapproche de cette limite. Ce qui conduit à penser que la concentration en ces matières indésirables continue à augmenter au-delà de la limite, pour atteindre une valeur maximale au centre d'un certain cercle, centre qui se confondrait avec le lieu géométrique des explosions d'engins nucléaires auxquelles se livre dans la discrétion des choses militaires le haut commandement français.

Greenpeace a proposé un marché : de l'eau serait prélevée à un point situé à l'intérieur des eaux territoriales, sous contrôle paritaire, et partagée en deux moitiés. L'une serait confiée aux physiciens de Greenpeace aux fins d'examen, l'autre à ceux de la marine nationale. La marine nationale sourit avec dédain. Et continue à harceler le petit bateau.

Qu'ont donc à cacher les autorités françaises ? La simple analyse des retombées radioactives présentes dans l'eau risquerait-elle de fournir des indications quant à la particularité ultra-secrète de l'arme atomique française ? La France serait-elle donc en train de se doter de l'arme absolue ? Ou bien nos militaires sont-ils à ce point agacés par ce moucheron qui s'obstine à parler paix et amour à des gens dont la paix est la pire menace pour la carrière ? Ils ont cru une fois avoir écrasé le moucheron, au prix d'une félonie que le code maritime international qualifie de piratage et qui, en d'autres temps, eût valu à ses auteurs d'être pendus haut et court à quelque vergue, et voilà le moucheron revenu ! Au bout de la ligne de mire de leurs canons ! Ô démangeaison !

Il reste que, sans Greenpeace, nous ne saurions pas que l'armée continue ses tirs à Mururoa, et que ses tirs ne sont pas sans incidences écologiques. Ce qui, d'ailleurs, ne semble guère troubler le sommeil du peuple français.

Je me pose une question. Mururoa, ce n'était pas le désert, je suppose ? Je vois une île, et même un archipel, avec dessus une population pêcheuse de poissons et casseuse de noix de coco. Alors, voilà, qu'en a-t-on fait, de ces gens ? Je ne pense pas qu'on les a laissés sur place, on teste les effets de la radioactivité sur des chèvres, des cochons, des chiens, pas sur des Polynésiens, quand même ? On les a donc évacués, poliment dit, déportés, plus franchement dit. Où ? Dans d'autres îles ? Mais tous les atolls sont occupés. Les imposer quelque part, c'était brimer d'autres braves gens... Oui, c'était une question, vous voyez, tout à fait secondaire.

Là, ce n'est pas une question. Il s'agit des poissons, des dauphins, des pieuvres, enfin de tous les habitants de la mer. Combien de milliers, de millions d'entre eux crèvent la gueule ouverte à chaque tir expérimental ? Pas spécialement atomique, d'ailleurs. Chaque obus tiré par les innombrables canons des innombrables navires des flottes de guerre des très nombreux États du monde, chaque obus tiré au cours de ces tirs d'exercice nécessaires pour former des canonniers dignes de ce nom déclenche dans l'eau une formidable onde de choc qui tue irrémédiablement tout ce qui vit à l'intérieur d'une sphère liquide dont le rayon est proportionnel à la puissance de l'engin. Apparemment, tout le monde s'en fout. Et en temps de guerre, hein, vous imaginez ? Toutes les grenades qu'il faut balancer pour — peut-être — atteindre un sous-marin ? Quel massacre !

Tu penses trop aux petites bêtes, Toto, pense un peu à l'Homme. J'essaie, mon gars, j'essaie...

(Mars 1991.)
(Mais écrit huit mois plus tôt !)

LUI, TARZAN.
MOI, ÉDITH !
Cabu

Dernier chapitre en forme d'apocalypse

Un dernier chapitre se doit d'être un message d'espoir. Quelque chose dans le genre : « La situation est épouvantable, certes, mais courage, compagnons, mettons-en un bon coup et l'avenir est à nous ! » Vous seriez rassuré, vous seriez confirmé dans la validité de votre lutte ; la difficulté même et l'énormité de la tâche vous stimuleraient, car vous êtes un battant.

L'homme vit d'espoir, c'est-à-dire d'illusion. Surtout le militant, le rêveur d'utopie. Mais les problèmes de l'écologie ne peuvent pas s'envisager en dehors du contexte, c'est-à-dire du problème d'où procèdent tous les autres : celui de la possibilité d'une société humaine harmonieuse, qui lui-même nous renvoie aux pulsions profondes de chacun.

Tout projet de société idéale (et l'écologie en est un) suppose dûment admis cet axiome de base : chaque individu veut vivre heureux dans un monde heureux. Ce qui est en pleine contradiction avec l'observation, même sommaire. En fait, chacun croit vouloir ce bonheur tranquille, c'est ce que lui enseigne sa raison. Mais la raison ne détermine pas sa conduite, laquelle est, à son insu, conditionnée par des pulsions instinctives bien plus profondes qui n'ont pas disparu avec l'émergence de la faculté raisonnante, et qui s'appellent : peur, pulsion sexuelle, avidité, cupidité, besoin de vaincre, de dominer, goût du risque, de l'aventure, du saccage, désir de nier sa propre mort... En bref : besoin d'aventure.

Ce sont ces pulsions qui font agir les hommes et qui font que le monde va comme il va. Qui font que l'humanité continue à être morcelée en une myriade de nations, petites ou grosses, n'ayant entre elles que des rapports de force. Les seules relations vraies, c'est-à-dire déterminantes et non hypocrites, qu'entretiennent les États sont, si l'on exclut la guerre, une féroce concurrence commerciale. Chaque État considère les autres États, d'une part comme des marchés à conquérir, d'autre part comme des concurrents à éliminer. Ce sont les seuls rapports « réalistes » des États entre eux, le reste n'est que fariboles et amuse-couillons. Rapports de petits boutiquiers haineux.

À l'intérieur de ses frontières, un gouvernement, c'est-à-dire la clique au pouvoir, fait absolument ce qu'il veut. Nulle instance internationale, nulle police, nul tribunal, ne peut intervenir. Aucun code supranational ne régit les droits et les devoirs des États envers leurs administrés. À l'intérieur de ses frontières, un État peut emprisonner, tuer, assassiner. Il n'en est justiciable devant personne. Seules la guerre ou l'insurrection, méthodes non fondées en droit, simples coups de force absolument arbitraires, peuvent tenter d'y remédier, mais c'est alors simplement le plus fort qui gagne, et rien ne garantit qu'il se conduira moins sauvagement.

Que pèsent, auprès de ces intérêts primaires et

tout-puissants qui animent les hommes au pouvoir, ceux qui luttent pour le pouvoir et les foules abruties ou fanatisées qu'ils mènent, des concepts tels que le souci de l'équilibre biologique de la planète (réduit par eux et leurs « médias » à la « préservation du cadre de vie », à la « sauvegarde de l'environnement » et autres fleu-fleurs pour le décor) et de la coexistence harmonieuse des différentes espèces vivantes, hommes compris ?

Je ne crois pas en la perfectibilité de l'ensemble des hommes. Ce « Je ne crois pas » signifie exactement « Tout me conduit à être persuadé du contraire ». Tout au rebours, avec l'accès des masses solvables à la consommation forcenée et donc au viol des cerveaux par la publicité, ignoble pute au service des margoulins véritables maîtres du monde, je constate la dégradation accélérée, non seulement de ce qu'ils appellent la « culture », mais tout simplement de l'instruction la plus rudimentaire, de la façon de se servir de cette merveilleuse faculté qu'est l'intelligence, la raison, ou appelez ça comme vous voudrez.

Oui, hélas, le béton triomphera, et la guerre, et la famine, et l'abrutissement généralisé, et les loisirs préfabriqués, et les jeux télévisés imbéciles, et l'alcool, et la drogue... Oui, les peuples misérables le seront encore davantage, et se reproduiront en progression géométrique, et les peuples nantis se donneront bonne conscience en filmant des abbés Machin et des sœurs Truc qui voueront leur vie à des charités ponctuelles et spectaculaires. Oui, le siècle qui vient sera, comme disait, tout fier, je ne sais plus quel Ducon-Lajoie patenté, « religieux », c'est-à-dire que les marchands d'illusion de haute volée, les démagogues et les truands y mèneront l'humanité vers des abattoirs gigantesques et que, très probablement, ce qui restera d'hommes retournera à un Moyen Âge où, sur les décombres, des chefs de bande petits et gros, armés de débris de technologie guerrière, recréeront une féodalité féroce, loi du plus fort, du plus fourbe, du plus sanglant.

Pardon si je vous attriste, si je casse vos joujoux, si je vous « démotive ». Dire autre chose serait mentir, ou se mentir. Mais l'écologie est une foi. Vous ne perdrez pas la foi pour si peu.

Il me fallait un chapitre pour prendre congé. Le voici. Adieu.

(Août 1991.)

Table

BEN...
ET SAKHAROV,
DANS TOUT
ÇA?

DU MÊME AUTEUR

Aux Éditions de l'Archipel :

LA BELLE FILLE SUR UN TAS D'ORDURES.
DE COLUCHE À MITTERRAND.

Chez Pierre Belfond :

LES RITALS.
LES RUSSKOFFS.
BÊTE ET MÉCHANT.
LES YEUX PLUS GRANDS QUE LE VENTRE.
MARIA.
L'ŒIL DU LAPIN.
LES ÉCRITURES.
LOUISE LA PÉTROLEUSE, théâtre.
... ET LE SINGE DEVINT CON, L'Aurore de l'Humanité I.
LE CON SE SURPASSE, L'Aurore de l'Humanité II.
LES FOSSES CAROLINES.
LA COURONNE D'IRÈNE.
LE SAVIEZ-VOUS ?
LES AVENTURES DE NAPOLÉON.
MIGNONNE, ALLONS VOIR SI LA ROSE...
COUPS DE SANG.

Aux Éditions Hara-Kiri :

4, RUE CHORON.

Chez Jean-Jacques Pauvert :

STOP-CRÈVE.
DROITE-GAUCHE, PIÈGE À CONS.

Aux Éditions Julliard :
(Collection « Humour secret »)
CAVANNA.

Chez Albin-Michel :

LA GRANDE ENCYCLOPÉDIE BÊTE ET MÉCHANTE.
LA NOUVELLE ENCYCLOPÉDIE BÊTE ET MÉCHANTE.
NOS ANCÊTRES LES GAULOIS (I).
LE TEMPS DES ÉGORGEURS (II).

Aux Éditions L'École des Loisirs :

Adaptés en vers français par Cavanna :

MAX ET MORITZ, de Wilhelm Busch.
CRASSE-TIGNASSE (Der Struwwelpeter).

Aux Presses de la Cité :

MAMAN, AU SECOURS !
LES GRANDS IMPOSTEURS.
DIEU, MOZART, LE PEN ET LES AUTRES.

Œuvres de Cavanna
dans Le Livre de Poche

LIVRE POCHE

Les Ritals n° 5383

Les Ritals ? On l'a compris, ce sont les Italiens tels que l'argot s'amuse à les appeler, tronçonnant par manie d'aller au plus court et plantant un R devant pour l'euphonie. Et *Les Ritals* de Cavanna, ce sont les natifs d'au-delà des Alpes attirés par l'appât du travail et fixés en banlieue est, à Nogent-sur-Marne – rue Sainte-Anne et alentours pour être précis, à une époque qui se situe entre 1930 et 1940, soit approximativement entre les six et les seize ans de l'auteur.

Récit d'enfance donc, placé dans la bouche du « gosse de ce temps-là revécu par ce qu'il est aujourd'hui, et qui ressent tellement fort l'instant qu'il revit qu'il ne peut pas imaginer l'avoir vécu autrement ».

Le fils d'un maçon italien et d'une Morvandelle, qui grandit au milieu des purs Ritals, saute avec eux du temps des gamineries dans celui des jeux de l'adolescence, se paie une fugue et s'en repent, cherche sa place dans un monde soumis aux tentations des chemises rouges, noires ou brunes. Quant aux adultes de cette petite Italie, c'est Vidgeon qui domine tous les autres, Vidgeon planteur de pêchers, fabricant de mètres pliants, donneur de pain à qui en manque : son père.

Rien que pour lui, il faut lire cette alerte autobiographie d'un gamin de banlieue, dont Cavanna conte la suite dans *Les Russkoffs* (Prix Interallié 1979).

Les Russkoffs n° 5507

Le petit Rital de la rue Sainte-Anne a grandi. Septembre 1939 : il vient d'avoir seize ans. Une année mémorable. Les six qui suivent sont pas mal non plus. Pour lui et pour beaucoup d'autres.

Cette fois encore, c'est le jeune gars de ce temps-là qui parle, avec ses exacts sentiments de ce temps-là, ses exacts sentiments tels que sa mémoire les lui fait revivre. Il n'est pas forcément triste là où il devrait l'être, ni joyeux là où d'autres le seraient. La guerre, ça n'a pas le même goût pour tout le monde.

Ce livre est dédié à tous les pauvres cons qui ne furent ni des héros, ni des traîtres, ni des martyrs, ni des bourreaux, mais simplement, comme moi-même, des pauvres cons.

Cavanna.

Bête et Méchant n° 5755

Après la banlieue des *Ritals,* l'Allemagne et la Russie des *Russkoffs* et de la guerre, Cavanna rentre à Paris. Il faut survivre, sans argent et sans relations. Ses premiers dessins, il les donne au journal *Le Déporté du Travail.* Maria, la femme tant aimée, perdue en Russie, continue de hanter François. Il met des messages sur le tableau de l'association des Déportés. Il y rencontre Liliane, « petite chèvre aux cornes agacées », rescapée des camps de concentration qui recherche, elle aussi, sa famille. Après des travaux temporaires et beaucoup de portes claquées au nez, ce sont les débuts de *Hara-Kiri* avec Choron et les copains; Cabu, Wolinski, Reiser, Topor, Melvin, Gebé, Fuchs. *Hara-Kiri* devient le célèbre journal « bête et méchant ». Surviennent les démêlés avec la justice, un poil bien dessiné mais mal placé... et la condamnation s'abat.

La langue de Cavanna est crue mais le cœur est infiniment tendre et bienveillant. Son prodigieux humour atténue la violence et la bêtise des luttes quotidiennes. Un extraordinaire troisième volet de la vie de Cavanna.

Les Yeux plus grands que le ventre n° 6036

« Trente-cinq ans. L'âge des ogresses qui rôdent, claquant des mâchoires. L'âge des mantes religieuses. Les redoutables divorcées de trente-cinq ans. Petit homme triste qui rêve d'un gros doux cul pour y poser ta tête, petit homme triste, si tu en vois une à l'horizon, fuis à toutes jambes, fuis! »

Le héros des *Ritals,* des *Russkoffs,* de *Bête et Méchant* raconte *Les Yeux plus grands que le ventre* comment on devient un amoureux impénitent. Les femmes et Cavanna, ce n'est pas triste, même si c'est, quelquefois, tragique.

Maria n° 6317

« Ce livre est le cinquième d'une série autobiographique qui commença avec *Les Ritals* et continua avec *Les Russkoffs*, puis *Bête et Méchant*, enfin *Les Yeux plus grands que le ventre*. A la fin de ce dernier volume, l'auteur avait rejoint le moment même où il était en train d'écrire...

Le présent ouvrage est donc, entre autres choses, un essai d'autobiographie-fiction, le premier essai d'autobiographie-fiction de tous les temps. L'histoire racontée dans les pages qui suivent est le récit d'événements non encore advenus dans la vie de celui qui les raconte mais qui découlent presque fatalement de ce que nous savons de lui, de ses antécédents, de son caractère, d'après les épisodes antérieurs de sa biographie, épisodes scrupuleusement vrais, ceux-là, et effectivement vécus, qui donnent de lui et des protagonistes de sa « saga » une image suffisamment précise pour que l'extrapolation dans un avenir d'ailleurs peu éloigné soit possible sans trop de risque. »

Nous sommes en 1989...

Les Écritures n° 5903

Il fallait être Cavanna pour se permettre de réécrire la Bible quelques milliers d'années après la « première édition »!

Cavanna ne se résigne pas à l'injustice, à la violence et à la cruauté des hommes créés par Dieu. Alors il relit l'Ancien et le Nouveau Testament et les commente à sa manière, verset par verset, dans « Les Aventures de Dieu » et celles « du Petit Jésus ».

La Bible du fondateur d'*Hara-Kiri*, journal bête et méchant, auteur des *Ritals*, des *Russkoffs*, est certes corrosive, d'une irrévérence gaillarde, mais elle est aussi remplie d'humour, franchement drôle, et contient une grande tendresse pour notre pauvre humanité. « O Dieu, que je t'en veux de ne pas exister », écrit Cavanna en exergue à ses *Ecritures*.

... Et le singe devint con n° 6186

« Il y a un million d'années, un neutron perdu, errant par les espaces infinis, frappait le fœtus d'une guenon juste là où il fallait pour qu'il perdît sa queue et sa joyeuse humeur et commençât à calculer sa retraite des cadres. »

... Et le singe devint con

En vingt-cinq leçons magistrales, les origines et le développement de l'humanité, racontés et dessinés par Cavanna.

Le Con se surpasse n° 6426

« Et donc le Singe a perdu sa queue. Il est descendu de l'arbre. Il a appris à se tenir debout sur ses pattes de derrière sans se casser la figure, ce qui est très difficile. Il y a mis quelques millions d'années, mais ça valait la peine. Tous les spécialistes seront d'accord : c'est grâce à la station verticale, qui dégage bien la poitrine et permet de porter un nœud papillon ou des médailles, beaucoup de médailles, en les mettant bien en valeur, que l'Homme est devenu vraiment et pleinement l'Homme, et même ce qui se fait de mieux en fait d'Homme : le Con. Le Singe est devenu le Con. Maintenant, il fait le fier. Il regarde de haut les autres créatures... »

En vingt-cinq cours magistraux... plus un tableau récapitulatif, *Le Con se surpasse,* raconté et dessiné par Cavanna.

Les Fosses carolines n° 6556

Ceci est un roman. Un roman d'aventures. Il se situe en des temps lointains. C'est donc un roman historique.

Ce n'est pourtant pas ce que l'amateur averti appellerait un « peplum » ou un « ben-hur ». Ce n'est pas non plus un récit à châteaux forts, tournois, gentes dames et gracieux sires... Ça se situe entre les deux. Dans le grand trou noir, oui, c'est ça.

Les temps du Grand Chambard. Les temps du Grand Brassage. Les temps où s'exterminent et se mêlent les masses humaines précipitées de partout : des steppes d'Asie, des forêts du Nord, des déserts d'Afrique...

Les temps où se fit l'Europe des Bâtards. Notre Europe. Nous sommes tous des bâtards. Tant mieux pour l'Europe. On s'y bat férocement. On y baise furieusement. On y aime à en mourir d'amour. Voilà. C'est un roman. Un roman d'aventures.

La Couronne d'Irène n° 6828

Entre 796 et 802, l'Europe dévastée par les Grandes Invasions est partagée en deux. A l'Orient, les restes bien menacés de l'Empire romain sur lesquels règne la pieuse, l'ambitieuse, l'implaçable Irène. A l'Occident, la puissance conquérante du royaume franc sous la poigne de fer de Karl, dit Charlemagne.

Au Sud, le formidable élan de l'Islam s'est essoufflé et digère ses conquêtes... Mais c'est maintenant du Nord que surgit une nouvelle menace : la première ruée des flottilles de drakkars des Vikings, ravageurs sanguinaires pour qui seul compte le butin. « Ces gaillards-là arrivent, tuent, pillent, brûlent tout et puis s'ensauvent, leurs nefs chargées à ras l'eau de ciboires d'or, de cochon salé, de pucelles et d'enfantelets qui se retrouveront, va savoir par quel chemin, putains dans les bordels de Byzance ou esclaves châtrés comme chapons dans les harems de Bagdad... »

C'est à travers cette Europe des périls que le chevalier Renaud, l'écuyer Raymond et Tamara l'esclave, réchappés de la terrible aventure des *Fosses carolines*, vont vivre une nouvelle odyssée.

L'Œil du lapin n° 6577

J'ai eu une enfance merveilleuse. Oui, toutes les enfances le sont, mais celle-là plus que ça, beaucoup plus. Et je m'en rendais compte. Comment dire ? J'étais heureux et je me regardais être heureux. Je me racontais mon bonheur.

Les Ritals, c'était le livre de mon père.

Ceci est le livre de ma mère.

Maman orgueilleuse jusqu'à l'ascèse. Maman solitaire parmi ses rêves en ruine. Maman bourreau d'elle-même. Maman faisait des ménages, mais comme une reine en exil. Maman portant sa pauvreté comme le manteau du sacre. Maman étouffant d'amour rentré. Maman qui n'a trouvé qu'une passion digne d'elle : son fils...

Mignonne, allons voir si la rose... n° 6998

Lieux communs, difficultés de l'orthographe, américanismes, apprentissage scolaire, francophonie... Cavanna s'exprime sur tous les thèmes touchant au français, à sa conception, à son étude, à son emploi écrit et oral, à ses bizarreries et à ses bonheurs.

Et le fils d'immigré des *Ritals*, l'anar provocateur de *Charlie-Hebdo* surprend. Très vieille école quand on le croyait iconoclaste (il tonne contre la réforme de l'orthographe), libertaire quand on le croyait assagi, Cavanna est un esprit libre et anticonformiste.

Vis-à-vis de la langue, il n'est pas puriste, mais jaloux, comme d'une femme aimée.

Coups de sang n° 9504

C'est un réquisitoire enragé et documenté sur une humanité moutonnière qui court égoïstement, stupidement, à sa perte. Révolté, tonitruant et tendre à soixante-dix ans comme à trente, Cavanna retrouve ici la truculence rageuse et éloquente de ses chroniques de *Charlie Hebdo.*

Coups de sang, coups de rage, coups de gueule...

Tout ce qui l'étouffe et le fait bouillir. Il fallait que ça sorte, et voilà, cela donne *Coups de sang.* Ses grands thèmes d'indignation : la corrida, la chasse, la vivisection, la pollution, la publicité envahissante, le sport-magouille, la réussite par le fric, les fausses sciences...

Composition réalisée par EUROCOMPOSITION

IMPRIMÉ EN FRANCE PAR BRODARD ET TAUPIN
Usine de La Flèche (Sarthe).
LIBRAIRIE GÉNÉRALE FRANÇAISE - 6, rue Pierre-Sarrazin - 75006 Paris.

ISBN : 2 - 253 - 06401 - 7 30/9667/4